MR. C
后窗文库

PYROPHOBIA

恐火症

[荷兰]
杰克 · 兰斯
著
Jack Lance

丁立群　李晓
译

译林出版社

图书在版编目（CIP）数据

恐火症 /（荷）杰克·兰斯著；丁立群，李晓译．
—南京：译林出版社，2021.5
（后窗文库）
ISBN 978-7-5447-8490-0

Ⅰ.①恐… Ⅱ.①杰… ②丁… ③李… Ⅲ.①长篇小说
-荷兰-现代 Ⅳ.①I563.45

中国版本图书馆 CIP 数据核字（2020）第 226881 号

著作权合同登记号　图字：10-2019-020 号

恐火症　［荷兰］杰克·兰斯 / 著　丁立群　李晓 / 译

责任编辑　祖朝志
装帧设计　任凌云
校　　对　孙玉兰
责任印制　单　莉

原文出版　Severn House
出版发行　译林出版社
地　　址　南京市湖南路 1 号 A 楼
邮　　箱　yilin@yilin.com
网　　址　www.yilin.com
市场热线　025-86633278
排　　版　南京展望文化发展有限公司
印　　刷　江苏凤凰通达印刷有限公司
开　　本　880 毫米 ×1230 毫米　1/32
印　　张　8.625
版　　次　2021 年 5 月第 1 版
印　　次　2021 年 5 月第 1 次印刷
书　　号　ISBN 978-7-5447-8490-0
定　　价　58.00 元

译林版图书若有印装错误可向出版社调换。质量热线：025-83658316

微信扫码收听

《恐火症》

朗读者

暴洪海

国家一级演员，中国戏剧家协会会员，音乐剧演员，哈尔滨话剧院演员、导演，哈尔滨师范大学戏剧表演客座教授。主演话剧十余部，录制广播剧、动画片、有声读物九千余集。在广播剧《咱当兵的人》中饰演谷志鹏，荣获第十六届中国广播剧研究会广播剧专家评析最佳男演员。

目录

看似熄灭的火焰，常常只是在灰烬下蛰伏。

——皮埃尔·高乃依

不要引火烧身。

——中国谚语

序

老人一打开门，黑衣人就犹如疯狂的恶魔扑上去，一把抓住他。黑衣人虎背熊腰，身强体壮，此时，正拳头紧握，目露凶光，像野兽般发出愤怒的嘶吼声。

老人还没明白是怎么回事，就被重重摔倒，脸颊紧贴着白色地砖。黑衣人一只脚踩在他的后脑勺上，脚跟用力。老人感到鼻梁都断了，鲜血从鼻孔里汩汩流出，还有眼里、嘴里，满脸都是血。他从未经历过如此剧痛，不禁发出阵阵号叫。

这场噩梦始于1小时58分钟之前，但对老人来说，每一分钟都如一个小时般漫长。

他所能看到的最后一次橘红色的落日余晖早已被星光取代。那时差不多10点半，他决定比平时早一点上床休息，于是从门廊的吊椅上站起来，向一侧推开客厅的滑门。

就在这时，门铃响了，他不觉一惊。

他没有立即去开门，而是走到客厅另一面的窗口。这座灰白色的小屋还有几级砖砌的台阶，从屋前伸出了几英尺，如果从窗户往旁边看一眼，也许能看见谁会在这个时候来访。

但借着微弱的光线，他并没有看清站在门口的是谁，只能辨认出那人一身黑衣。

老人心生疑虑，突然有种不祥的预感，但转念一想，如果来者图谋不轨，他为何要按门铃呢？他完全可以强行闯入。

也许他的朋友突发疾病，老人想。这么晚了，一个陌生人来访，定不会是什么好消息。

于是老人决定前去开门。

大约两小时后，老人倒在黑衣人的脚下，地板上血迹斑斑。

“没错，”一个含混不清的声音在他头顶低声怒吼道，“这就是复仇。”

老人无言以对，现在连呼吸都倍感困难。

老人身穿白绿相间的格子衬衫，黑衣人抓住衣领把他拽了起来，一只膝盖顶住他的后背。新一轮灼烧的痛苦传遍全身，他不禁又爆发出痛苦的尖叫。随后，黑衣人像扔一袋土豆一样又把他扔到了地上。老人双眼紧闭，右手捂着血肉模糊的鼻子，费力地喘息着。

恐怖很快就结束了。黑衣人把老人拖上阁楼，用绳子套住他的脖子，又在下巴下面拉紧了什么东西。那感觉像是领带，但不是。黑衣人毫不费力地把他拽起来，让他摇摇晃晃地站在油漆早已剥落的木椅上，然后猛地一拉绳子，绳子勒入老人的脖子里，迫使他踮着脚尖力争保持平衡。

他忍受着这一切，没有再作抵抗。他已经没有力气，也没有决心，甚至不能思考了。他的头盖骨痛得难以忍受，之前入侵者把全身的力量都用上了，几乎把他的脑袋踢碎。

他彻底崩溃了，与之前判若两人。

直到这时，他才注意到脖子上的绳子已绕在头顶一根粗大的木梁上，并牢牢绑在了上面。

他死死盯着凶手的脸。那人浑身汗臭味，眼睛里闪着怒光，就像一团熊熊烈火的余烬。

黑衣人狠狠踢了一下椅子，椅子顷刻倒下。

杰森，这是老人吊在那儿，痛苦挣扎时最后想到的人，哦，上帝，杰森！

第一章　宝丽来照片

杰森·埃文斯开始焦虑不安。通常很少有什么事情能让他担心或抱怨，但就从麻烦开始的那天起，有件事一直困扰着他。

那天是7月13日，星期一，他需要完成的推广方案进展缓慢。那天是客户还是他自己感到糟糕呢？或许双方都是如此。他必须为汤米·琼斯的汽车经销商想出一些新点子——或者更具体地说，是为汽车大王的二手车店做广告设计。“汽车大王”是汤米·琼斯自己标榜的称号，杰森对此一直很反感，而汤米却为自己加冕的皇冠感到无比自豪。

“天才啊，没错吧?”那天一早汤米就向杰森及其同事吹嘘，“我应该自己做广告!”

杰森还能为汤米提出什么新点子呢？在过去30年里，所有可以想象到的广告理念都为这个人策划包装过了，况且这个人卖的东西还是他讨厌的。杰森的思绪不禁回到自己18岁时懵懂无知的年代。当时，他从汤米的二手车店买了一辆锈迹斑斑的红色普利茅斯，但仅仅两个月后这车就彻底报废了。这是他第一次也是最后一次从汽车大王那儿买车。杰森后来在洛杉矶著名的坦纳普雷斯顿广告公司担任艺术总监，没想到这位汽车经销商竟然成了他的客户。

在所有人当中，公司总裁布莱恩·安德森偏偏选中了杰森来领导团队，负责与新客户签署协议。这位客户是与福特格雷哈迪广告公司解除合约，转而委托坦纳普雷斯顿公司的，而这两家公司可是劲敌。

杰森拢了拢眼前几缕乱发，盯着天花板，希望能找到些灵感，结果一无所获，反而勾起了他更多的遐想。

一直以来，遍布全城的海报和广告牌上，他经常看到汤米·琼斯像牙膏广告中那样有点做作的露齿而笑，而今天是他第一次和这个人相视并握手。62岁的汤米看上去与他的公众形象大不相同。现实生活中，没有了Photoshop图像处理对青春永驻的虚假承诺，他显得老了许多，头发也更少更白，唯一如故的是他那著名的露齿而笑和发福的脸，还有他那种不服输的活力。他体格健壮，但身材矮小，也就到杰森下巴那么高。

“我需要新颖的东西，激动人心的东西。”汤米在上午的会议上郑重其事地大声说道，他觉得自己的光临对坦纳普雷斯顿公司的每个人来说都是荣幸至极。

“让我的汽车在竞争中脱颖而出，更漂亮，更有吸引力。天哪，布莱恩，让它们更性感迷人。”

去你的吧！杰森虽然坐在那里听着，但想起了汽车大王卖给他的那辆破车。

当然，他没有说出任何贬损之言。汤米·琼斯现在是腰缠万贯，而时过境迁，杰森也大不一样了。目前，他的经济状况相当不错，座驾是一辆银色别克君越CX，在汤米·琼斯的任何一个销售点都找不到，因为价格不菲，即使是一辆二手车。

但是自组建了“汤米·琼斯团队”以来，杰森还没有设计出什么草案，旨在让这个汽车大王的二手车店显得性感，或至少切实可行。他忠实可靠的广告撰稿人安东尼·威尔逊也没有写出多少有用的文案。

此时，杰森坐在办公桌后随意看着四周，注意到桌上的心形台钟，这是妻子凯拉送给他的生日礼物。下午6点多了，其他队员——卡萝尔、唐纳德和安东尼——已经下班回家。他是最后一个还在工作的，因此整个罗斯福大厦的第24层只供他一人独享。他凝视着窗外洛杉矶夏日傍晚的雾霾。再过四个星期，他想着，仿佛也在祈祷着，他和凯拉就可以离开这座烟雾弥漫、嘈杂混乱的城市，沉浸在雄伟壮丽、温馨幽静的落基山脉之中了。

但首先要解决汤米·琼斯的问题。他沮丧地叹了口气，知道今晚很难创造奇迹。他刚站起身来准备离开办公室，公司收发室的乔治挥舞着一个马尼拉信封走了进来。

“送晚了。”乔治说着把信封递给杰森，随即转身走了。

杰森低头看了看信封，信封上用棱角分明的粗体字写着他的名字和公司地址，但没有发件人的标识，也没有回信地址。他皱了皱眉头，从桌上的笔筒里找出银色开信刀，割开信封，发现里面是一张宝丽来照片。照片上两棵粗壮的橡树之间有一扇锈迹斑斑的高大铁门，铁门后面是一排排的墓碑，歪歪斜斜地从地面上凸出来。乍一看，很像他曾经在波士顿市中心参观过的一个古老墓地，但仔细一看，这个墓地似乎比特里蒙特街上的那个更加凌乱。

杰森又往信封里看了看，没有其他东西。他首先想到这是肖恩·赖利寄送的照片，这可不是肖恩头一次忘记附上便条。但当他把照片翻过来，他注意到背面用同样的字体写着一行字：你死了。

他盯着这行字，目瞪口呆，然后迅速把照片翻过来，再次研究那些墓碑。

“这是怎么回事?”他喃喃自语，又翻过照片。

还是那三个醒目的粗体字。

他迷惑不解，翻来覆去看着照片，努力想搞清楚这是怎么回事。经过仔细研究，他确信了一件事：他从未见过这个墓地。墓碑之间杂草丛生，周围田野也给人一种荒凉之感，墓地后面的背景中，能清楚看到一排粗糙多节的小树。

肖恩会给他寄送这个?不会的，杰森推断，不是他的笔迹，他也永远不会做这种变态的事。那么是谁寄来的呢?为什么?

他又仔细检查信封，但除了邮票、他的姓名和工作地址外，什么也没有。他也看不清邮戳，尽管很明显这封信是由美国邮政局寄出的。

杰森不知道还能想些什么，而乔治早就走了。

他不明白这封信怎么会刚刚收到。这个时候不再送发信件的，不是吗?据他所知，公务信件一大早送发一次，下午1

点半左右还有一次，但绝不会在下班时间。

乔治回家了吗？如果没有，也许他能解开这个谜团。杰森找到收发室的分机号码，按了三个键，一直让电话铃响了十几声，但没人接听。他思绪混乱，乔治或许还在回收发室的路上，也或许刚走出大楼。凭着直觉，他急忙朝电梯跑去，但电梯似乎一直到达不了他所在的楼层。

电梯门总算开了。他快步走进去，摁下一楼按键，但又是在看似不必要的耽搁之后，电梯门才关上，就好像门刚要关上，总有人试图伸手或伸脚阻止关门。

然后，电梯微微一颤，开始下降。一到一楼，杰森就向收发室跑去。

“乔治！”他一进收发室就喊道。这间小屋的四周都是高高堆起的棕色邮包，还有纸盒、文具箱等。乔治不在。杰森突发奇想，翻看着桌上一堆堆整齐的信封和备忘录，希望能找到那张神秘照片的答案——或者至少能找到什么线索，但依旧徒劳。

该死，杰森默默诅咒道，乔治去哪儿了？罗斯福大厦有42层，要去找到他似乎希望不大。他的思绪又回到那张照片上。谁会做这样的事？究竟谁会费心劳神地在照片上写下匪夷所思的文字，再邮寄给他呢？这纯粹是变态的恶作剧，毫无意义，但杰森又不禁扪心自问，那他为什么如此焦虑不安呢？

就在这时，乔治走进来，吃惊地发现杰森竟然来到了收发室。

“埃文斯先生，晚上好！”他像往常一样客气地打招呼。

“乔治，听着，”杰森脱口而出，“我有个问题要问你。你刚才给我的那封信是从哪里来的？谁送来的？邮车通常不在这个时候来，是吧？”

“呃，”乔治挠了挠耳根，“在我的收文篮里。早些时候我一定是疏忽了。”他一抿嘴唇，浓密的眉毛弯了下来，“我可以发誓……”他摇了摇头，担忧地看着杰森，“很重要吗？你……”他犹豫了一下，“你没事吧？”

“你这话什么意思？”杰森厉声问道。

“呃，对不起，”乔治支支吾吾，“如果你不介意我这么说的话，你看起来脸色有点苍白。”

杰森努力使自己平静下来。乔治是那种讨人喜欢的好人，从不会伤害别人。现在乔治向他道歉，杰森不免感到有些内疚。

“你刚好在收文篮里发现的？”他问道，语气平和了许多。

乔治点点头，“是的，埃文斯先生。”

“你不知道是谁放的？”

“抱歉，我不知道，”他懊悔地说，“我向来分拣邮件认真仔细，大家都知道的。但有时也会出问题，而且……”

他停顿了一下，又摇了摇头。

“埃文斯先生，我也纳闷。我发誓已经清空了收文篮的。然而，半小时前，我瞥了一眼，只是出于习惯，就看到了那封信。”

杰森轻轻抓住乔治的肩膀。

“仔细想想，乔治。信件不会从天而降，一定是有人放在那儿的。”

乔治低下了头，算作回答。

“你一直在这儿吗？”杰森又追问道。

乔治抬起头，“没有一直在，埃文斯先生。我和洛丽出去喝了杯咖啡。还有会计部的奥尔布赖特先生来过电话，我就去了他的办公室，他对我们的邮资支出有一些疑问，你知道，他一直坚决要求所有账目必须准确，分文不差。还有……”

“所以你离开过几次。”杰森总结道。

“没错。”乔治肯定地说。

“然后，这封信突然出现在你的收文篮里。”

乔治点了点头，“千真万确，埃文斯先生。”

“我相信你，乔治。”杰森说着松开手，“谢谢你。明天见。”

杰森回到办公室，看到电脑屏幕上闪动着一份清单，那是一些被拒的广告设计。他没有理会，汽车大王和他的那些破车现在是从他的意识前线完全撤退了。

他又拿起那张宝丽来照片，仔细端详着大铁门、墓碑和字迹。然后他把照片塞回信封，装进夹克衫的内袋里，又抓起公文包，关掉电脑，离开了办公室。

你死了。

恐怖邮件。这是哪个白痴开的玩笑吗？也许吧，但他内心深处有个声音警告说，事实并非如此。他感到面红耳赤，一滴汗珠从额头上流了下来，他生气地用力擦掉。

第二章　凯拉

杰森从睡梦中醒来，感觉她的手轻轻抚摸着他赤裸的胸膛。他睁开惺忪的睡眼，发现凯拉海蓝色的双眸正凝视着他。她长长的黑发有点蓬乱地自然下垂，甚是迷人。看到他醒来，她嫣然一笑。

“早上好！”她的声音沙哑性感，似乎有种难以抗拒的魔力。

他用胳膊肘撑起上半身，打趣道：“黎明看你笑欢颜，我都忘了打哈欠。夫复何求？”

确实是黎明时分，床头柜上的闹钟显示是6点02分。

“或者需要个女人。”她俏皮地答道。

“你现在心情不错。”

“当然。”她笑得更灿烂了，“你深棕色的眼眸让我晕眩，你的身体让我迷恋。”

“应该用‘渴望’一词，而不是‘迷恋’，和‘晕眩’不押韵的。”

“我的书里就是这样写的。”她说着，手指轻轻下滑。

“哦，天哪。”他低声说着，头一下子埋进枕头里。她向他靠近，修长柔软的身体紧紧贴在他身上，张开嘴，舌头探寻着，指尖灵巧地滑向他的大腿内侧，挑逗他。

“你的手指赶走了我的沉沉睡意。”他在她耳边低语。

“不是很有灵感，”她的手已经找到目标，“是这，亲爱的，这才是我所说的坚如磐石的灵感。”

她轻轻地揉搓着，他兴奋地呻吟着。

“今天晚点吃早餐？”凯拉低声说。

“吃早餐？”他喘息着，“我宁愿吃你。”

“那来吧，我的罗密欧！”

他们一起冲完澡，匆匆准备上班。

凯拉是德马斯电器公司的总裁助理，这家公司主要生产发动机配件。公司老板帕特里克·沃伊特曾多次告诉她，若是没有她，他会不知所措，就是她上班迟到，他也会感到心烦意乱。

凯拉在盥洗室化妆时，杰森忙着煎鸡蛋、煮咖啡，并把两片全麦面包放进了多士炉。刚经历了一番激情缠绵，他觉得饿了，她肯定也饿了。当他把果酱和黄油放到桌子上，她轻盈地走过来，从身后搂住他。他转过身，发现她的头发还是湿漉漉的，脸颊娇艳红润。

“天哪，我太爱你了。”凯拉在他嘴唇上轻轻一吻，然后指了指餐桌，“你不仅在床上是女人的梦中情人，在厨房也是个好先生呢。”

“我倒希望自己更像你的那位老板，”杰森坦言道，“你知道，我有时真嫉妒他，他叫你做什么你都百依百顺。”

“不是所有事情，杰森，”她后退几步，朝他晃了晃食指，“绝对不是，你知道的，有些事只属于你，比如，这个。”她的一只手从丰满的乳房一直摸到大腿的内侧。

他伸手去抓她，但她转身走开了。

“不能再这样了，”她告诫道，“我要赶时间呢，面包烤得怎样了？餐具呢？要是不按我说的做，今晚你就别想再为所欲为了。”

“亲爱的，要是那样，你也别想了。”

“哼，是的，没错，我忘这招了。”

她朝他笑笑，坐下来。

杰森在她旁边坐下，“懂我的意思吗？”他叹了口气，“我竭尽全力把一切打理好，让你高兴，可你还责备我。难道不是女人总是抱怨，说男人认为女人只有一个好处？那事，还有洗衣做饭。”

“哦，但你干得相当出色啊，”她笑道，“这一定是你的老本行，你们做广告的肯定知道如何吸引目标受众。”

“哈，我的性感目标受众。”他说。

“是啊，但谁抱怨了？你方产品的巧妙操作再一次确保了顾客的最大满意度，你所提供的一切我都欣然接受。”

“很高兴能为你效劳，”他假装抱怨道，“能让顾客开心总是好的。”他倒了两杯咖啡，“好啦，如果你需要餐具，你知道它们在哪里。”

她站起来，开始在橱柜抽屉里翻找。

“这话可又令人扫兴了，”她取笑道，“你的营销技巧还不够完美，需要提升啊。”

“一个人总要有进步的空间嘛。”

杰森从多士炉里取下两片有点烤焦的面包，又补充道：“可是下班后我要去我爸那儿一趟。”

“要我一起吗？”

他耸了耸肩。

“爸爸应该已安排好明天的生日聚会了，我也不用做什么，只是陪他坐一会儿。所以，除非你打算去看望他，要不还是直接回家吧。不管怎样，我们明天是要去的。我在那里待不了多久，也就一个小时左右。”

他们吃完早餐，收拾好碗碟，各自开车离开费恩希尔。费恩希尔是坐落在郁郁葱葱的圣莫尼卡山间的一座小镇，位于马里布和圣莫尼卡之间。杰森是在17英里外的康奈尔小镇长大的，而凯拉是在棕榈泉市出生长大。

杰森五年前买下了这所位于切诺基大道160号的房子。其实这是父亲给他买的，父亲知道儿子想要这所房子，但当时杰森刚刚开始到坦纳普雷斯顿公司工作，当地银行认为他的信用不够，不能独立购买房产。

这所房子并没有花很多钱，也许因为当时需要大量的修缮工作。杰森和父亲用了近一年的时间才完成了基本的装修，只有当部分工作极其复杂，两人力不能及时，才找了专业人士来帮忙。最终他们把房子设计成了一个风格独特的乡间别墅，木制的白色小屋，不禁让人想起“西进运动”时期的新殖民风格。房前的草坪上有一些花坛，里面种着凯拉珍爱的白紫相间的鲁冰花，还有硕大的绣球花。

但是他们在屋外时最喜欢待的地方是后门廊，从那里可以俯瞰费恩希尔周围的峡谷，景色美不胜收。他们称自己的家为“峡谷景观房”。其实房子不大，一间客厅、一间厨房、一间盥洗室和两间卧室，杰森还把其中一间卧室改造成了书房，但这对他们来说足够了。

杰森开车跟在凯拉的车后面，沿着金枪鱼峡谷路向太平洋海岸高速公路驶去。他一边开着车，一边回想着两人偶遇的那一天。那是他与卡拉·罗森布拉特分手大约10个月后，他一生中和三个女人认真谈过恋爱，卡拉是其中之一。

驶近太平洋海岸高速公路的出口时，他向凯拉挥手告别，凯拉还要一直朝405号州际公路开。

杰森一直开车驶入拉布里亚出口附近的10号州际公路，汇入拥挤的车流，这时思绪才回到汤米·琼斯的广告上。一想到此，他倍感头痛，好心情也荡然无存。无论如何，必须在今天下班前拿出草案。他又想到明天就是父亲66岁生日了，在脑海中把答应父亲的事情又过了一遍。

他已经忘了昨天收到的那封莫名其妙的信。

第三章　忙中添乱

杰森决定一心处理广告的事情，结果事与愿违。他刚开始阅读新邮件，芭芭拉·贝克走进办公室。芭芭拉可是名副其实的得力助手：负责接听电话，做文书工作，还是个初级设计师。工作中她与资深设计师唐纳德·纳尔逊和艺术总监卡萝尔·马丁内斯通力合作，但实际上她和卡萝尔相处得并不融洽，最近一直示意卡萝尔在投机取巧。

“我只是初级助理，但这里的大部分工作都是我做的。”她对杰森发牢骚，“就这样，我还得不到赏识，管理层至少该去掉我职位前的‘初级’了吧?”

杰森没有心情向芭芭拉解释，说卡萝尔比她早来公司六年，而且过去为公司赚了不少钱。当然，他也不想解释说卡萝尔的婚姻正走向破裂。杰森知道此事，还有唐纳德·纳尔逊也知道，但办公室里其他人几乎都不知道她的婚姻岌岌可危。总而言之，卡萝尔·马丁内斯现在的状态糟糕透顶。杰森同情她，但和其他高管一样，也仅能对她作为一名职员表示赏识，其他的爱莫能助。他们只能尽量掩盖这件麻烦事，耐心等待此事结束。

“你一直做得很棒，芭布斯，”他叫着她的昵称，“能看到你每周都在进步，而且你的想法和解决方案切实可行。要有耐心。我向你保证，你会出人头地的。”

他意味深长地瞥了一眼她穿的紧身牛仔裤和露脐的紧身上衣。早些时候，杰森曾向凯拉提起过芭芭拉撩人的着装方式，凯拉警告他不要随意乱看。杰森觉得她这种警告毫无道理，因为无论芭芭拉或其他女人多么年轻、多么迷人，他是不会去靠近她们的。

今天，芭芭拉可是牢骚满腹。如果他认为她做得很好，她严厉问道，那为什么不给她多安排些设计工作？

“我厌倦了接电话和干秘书的活，”她抱怨道，“我更是讨厌记账。我想要做的是DTP。”她指的是桌面排版工作。

杰森再次让她要有耐心，但显然是白费口舌。最后，她无精打采地走向自己的办公桌，连看都没看他一眼。他关切地看着她的背影。不可否认，芭芭拉有才华、有抱负，公司应该珍惜这样的员工，如果继续置之不理，她会跳槽去别的广告公司，他不希望如此。他心里想着要和布莱恩谈谈此事，但还得等一等，现在首先要解决的是汤米·琼斯的广告。

但他很快发现今天也不适合解决汽车大王的事。布莱恩打着工作会议的幌子来到他的办公室，不久就表明了真正目的，开始抱怨妻子路易丝，说她突然对他们计划已久的拉斯维加斯之旅失去了兴趣。杰森立刻猜到这种糟糕的局面应该与布莱恩近乎上瘾的赌博嗜好有关。路易丝不止一次和杰森说过，每次布莱恩去拉斯维加斯旅行，都会把手头的现金，通常是几千美元，输个精光。他想路易丝对布莱恩的这种爱好已深恶痛绝，但是他怎么能让布莱恩意识到此种行为愚蠢呢？他甚至找不到合适的字眼。庆幸的是，布莱恩没待多久就接到一个重要电话，不得不离开了。

下一位来到他办公室的是卡萝尔。她告诉他，昨晚她和丈夫的关系已经走到了尽头。显然，经过一场激烈的争吵之后，卡萝尔收拾行李，开车去了娘家。她睡得不好，尽管睡前喝了好几杯烈酒。现在一说她还是禁不住流泪。

“结束了，”她抽泣着，“12年的婚姻付诸东流。”

杰森开始觉得自己更像是一名社会工作者和婚姻顾问，而不是广告主管。尽管如此，他还是搂着她的肩膀，劝说道：“今天请假休息吧。”

她感激地看了他一眼，“我正等着你这句话呢，”她抽泣着，“我打算和妈妈一起去购物，不去想那些烦心事。谢谢！我明天来上班。”

她擦了擦眼泪，睫毛膏都被泪水毁了，然后离开了。杰森看着她沿着走廊走去，突然唐纳德从旁边的办公室出来，一把搂住了她的腰。天哪，杰森若有所思，办公室的又一个问题，但与公事无关。事实上，唐纳德爱上了卡萝尔。杰森常常想，卡萝尔的婚姻危机在多大程度上应归咎于唐纳德。他们的风流韵事现在已经成了公开的秘密，甚至芭芭拉也知道了，这可能是她恨卡萝尔的另一个原因。如果卡萝尔和唐纳德的关系进一步发展，芭芭拉在公司就很难有晋升的机会，她可能想到了这一点。

这时汤米·琼斯团队的最后一名成员安东尼·威尔逊出现在敞开的门口，并回头看了一眼唐纳德和卡萝尔。杰森叹了口气，心情沮丧。与杰森的目光相遇后，安东尼扬起浓黑的眉毛，咧嘴一笑。

“不好吗？”安东尼指了指走廊，问道。他的语气含糊其词，表情镇定自若。在办公室常见的明争暗斗和风流韵事的浑水中，只有仍是单身的安东尼·威尔逊没有心机。这位极有才华的广告撰稿人是杰森的得力干将。

杰森摇了摇头，“是的，不好。”

“那好吧，”安东尼说，“我想你我今天得攻克堡垒。”

“我们要攻克堡垒，安东尼。”杰森承认道，被安东尼所说的“堡垒”一词逗乐了。

他看了一眼手表，快11点半了。

“开始做汽车大王的事。”他说。

第四章　爱德华

乍一看，爱德华·埃文斯体格健壮，也就50来岁，精心修剪的灰色头发，胳膊肌肉结实发达，身上没有一块赘肉，还有着户外运动爱好者的棕褐色皮肤。但事实上，他明天就要迎来66岁生日了。杰森走了进来，父亲若有所思地上下打量着比自己高了4英寸的儿子。

"你看起来很累，儿子，没事吧？"

"我确实累了，爸爸，"杰森承认道，"今天一切都不太顺利。"

"那就是办公室很忙了。"父亲猜测道。

"要只是如此就好了。"杰森叹了口气。

爱德华眉毛上扬，有些迷惑不解。杰森本想说一说的——关于卡萝尔、芭芭拉、唐纳德、他的老板布莱恩，还有这一整天——但他控制住了情绪。他一直自豪，自己不是那种杞人忧天的人，而且很久以前就决定永远不要把工作上的事情带回家。

“爸爸，我们还是谈谈你的生日吧。”他转移了话题，“明天的生日聚会都准备好了吗？”

爱德华·埃文斯皱起了眉头，说道：“你这话说的，好像我处理不了这事似的。我想你是了解我的。”

“我当然了解。我只是想说要是还有什么需要做的话，我和凯拉可以帮你跑跑腿之类的。”

“你刚才说很忙的。”

“再忙也有时间帮助家人啊。”

他们的谈话又进入了通常那种钟摆似的来回模式，杰森想帮忙，而父亲会婉拒。

“你不必担心我这个老头子，”爱德华坦言道，“所有东西都买好了，明天我只要稍微移动一下桌椅，就坐等客人来了。你所要做的就是和你可爱的妻子一起来，其余的我来办就行。”

当然，父亲说得没错，他不需要杰森帮忙。杰森知道父亲意志坚强，因为他觉得自己内心亦是如此。“永不示弱”是两人共同的信条，凡事只要自己能做的，就自己做。

爱德华只有一次向儿子寻求过帮助，那时他47岁的妻子被诊断出患有无法治愈的肺癌，当然在妻子去世后的几个月里他也需要过。

爱德华非常爱唐娜，但是她在九年前去世了。如果时间不能治愈失去亲人的剧痛，至少可以使痛苦变得麻木，所以他尽其所能，坚强地活下去。一切都是最好的安排，他不得不用这句话来安慰自己。

杰森继承了父亲的务实精神。生活可能会变得艰难，但天无绝人之路。哭泣或自怜毫无用处，更糟糕的是，这只会暴露男人的懦弱。他的这种信念有时让凯拉心烦，她相信男人偶尔哭泣是他们真性情的表现，并不代表他们是懦夫或软骨头，而通常恰恰相反。但杰森很少哭。他经历过几次人生低谷，每次都是独自解决问题，没有依赖任何人，也不想依赖任何人。

杰森认为自己的童年是快乐的。尽管父亲并不富有，但他还是尽可能为唯一的儿子多多攒钱。杰森最终上了心仪的大学，因此一直想用自己的方式报答父母对他的支持。

父亲煮咖啡时，杰森凝视着窗外，湛蓝的天空下是风景如画的峡谷和森林。他和父亲都热爱大自然，喜欢乡村生活。父亲不会搬家，即使老得不能自理也不会搬。杰森很清楚，若真到了那个时候，他将不得不设法应对父亲的固执，当然这也是他遗传基因的一部分。不过船到桥头自然直，会有办法的。反正现在爱德华·埃文斯身体健康，完全有能力照顾好自己的方方面面，而且远不止于此。

杰森从窗口转过身，接过父亲递过来的热气腾腾的咖啡。有那么一刻，他们目光相遇，两人的脸上没有微笑，没有皱眉，只有心领神会的淡然表情。

“只是这次克里斯舅舅不能来参加聚会了。”杰森轻声道。

“是的。”父亲说。

杰森决定不再追问克里斯的事。因患癌症，无法忍受痛苦的克里斯上吊自杀了。他静静地回想了一会儿，喝光咖啡，然后放下杯子。

“好吧，爸爸，”他说，“如果没有什么需要我做的，我想我还是回去吧。明天见。”

“好的，儿子，明天见。”

半小时后，杰森回到了峡谷景观房。他一边呼吸着鲜花的怡人芳香，一边找凯拉，发现凯拉正躺在浴缸里，水面上一层厚厚的泡沫，只露着头和脖子在外面。

“嘿，老公回来了。”她欣喜地说。

他跪在浴缸旁吻了吻她，“我回来了，很高兴看到你一个人过得很开心。”

“啊哈，快乐似神仙。爸爸那里怎么样？”

“很好。他都准备好了。你今天过得怎么样？”

她朝他吹了吹手上的泡泡，“没什么特别的。有一段时间我们不得不加大工作力度，把假日邮件发出去。帕特里克坚持要这么做。我觉得可以等到明天，但还是老板说了算。你呢？汽车大王的广告有什么进展吗？”

“有点进展，多亏了安东尼。今天下午他突然有了灵感，几个小时后，我们总算在白纸上完成了一个相当不错的框架。我必须在本周结束前完成草案，广告的制作必须在我们度假前完成。”

“太好了，”她坐直身子，“想进来吗？这个大浴缸空间可是足够。”

他笑了，“谢谢邀请，但我想先去读读报纸。”

她调皮地冲他眨了一下眼，“你不想给我擦擦背？还有其他部位呢？”

见他没有马上回答，她挥手示意他走开，“那好，你去吧，你对我没有什么用了。”

和往常一样，今天的邮件堆放在他和凯拉所说的“邮件篮”里，其实篮子就放在写字桌上的电话旁边。他漫不经心地翻了翻那堆账单和宣传册，最后发现了一个没有回信地址的马尼拉信封，正面只有他的名字。杰森撕开信封。

他取出信封里面的东西，房间的温度似乎突然飙升了许多。这是另一张宝丽来照片。他的心怦怦直跳，注意到上面有许多墓碑，但与前一张照片有所不同。他把照片翻过来，立刻认出了上次那种棱角分明的笔迹：你以为自己还活着，其实你并不存在。

杰森一动不动地站在那儿。他摇了摇头，好像在否认眼睛所看到的。这到底是怎么回事？那句话似乎突然出现在他眼前，打在他脸上。他又迅速把照片翻到正面。

在这张照片中，树木之间没有门，其他部分与之前的照片也不相同。拍摄者把镜头对准了一个金字塔形状的东西，看上去像是用黑色大理石砌成的一座坟墓，位于照片的中心，后面是更多的墓碑。

他就像在负责排爆工作，轻轻把照片和信封放到桌子上。他满头大汗，环顾四周，却不知道在找什么。他迟疑了一会儿，又拿起信封细看，信封的右上角是一张普通的邮票——就像上封信一样——表明这封也是由美国邮政局寄出的。

这没什么不同寻常。

不同寻常的是这张照片，还有它所散发出的恐怖信息。他的思绪集中在那句话上，又无比困惑地摇了摇头。毫无疑问，他依然好好地活着。

寄件人是打算谋杀他？那句话是预示？是死亡威胁？如果是这样，为什么？谁是幕后主使？他在心里罗列了一生中曾与他有过严重分歧的几个人，但想不出谁会做出这样的事情。他没有真正的敌人——当然没有谁想要杀他。

他站在原地，脑袋空空，两眼茫然，直到有什么东西碰了碰他的肩膀。

第五章　疑虑重重

杰森猛地转过身来，发现凯拉不知什么时候走了过来，身上裹着一条浴巾。

“哎呀，我吓到你了？”她道歉。

“没有，”杰森立即向她保证，“是我刚才走神了。”

他悄悄把照片塞进口袋，尽可能漫不经心地问道：“顺便问一下，邮件送来时你正好在家吗？”

她摇摇头，“在家？不，当然不在。你知道邮递员是在上午送信，那时我正上班呢。”

她整理了一下从乳房上滑落的浴巾，疑惑地看着他。

“你问这个干什么？”

他咬着嘴唇，各种问题在他脑海中快速闪过：要不要把照片的事告诉她？如果说，要说多少？说了有什么好处？她会一笑了之？还是会吓瘫？下定决心后，他强颜欢笑。

“对不起，凯拉，”他道歉，“我这一天太忙了，真是不知所云了。”

她双臂交叉在胸前，若有所思地望着他，看似不太相信他的说辞。

“你没事吧？似乎有什么事让你过度紧张了。”

“没事，我只是累了。”他故意叹了口气，“刚才说了，我在办公室忙碌了整整一天。”

“就这些？”

“这还不够吗？”

她含糊地咕哝了几句，去卧室穿衣服。

晚上，他一直有意和她谈论工作和父亲生日聚会的事。第二天早上，他们给爱德华打电话，祝他生日快乐，健康长寿。

“离终点又近了一步，”爱德华抱怨道，“你们这些孩子还要我快乐。”

杰森知道这不是父亲的本意，他只是想风趣一点，不过他的冷幽默常常给人枯燥乏味之感。

和往常一样，杰森开车跟着凯拉向太平洋海岸高速公路驶去，当凯拉一直朝405号州际公路开去时他挥手和她道别。他汇入拥挤的车流之后，开始感到内疚，就好像他向凯拉隐瞒了一些非常私密的事情，比如婚外情。这种隐瞒有违他的本性。他们彼此之间本没有秘密，信任和诚实是他们关系的基石。

我需要先解决这个问题，他想着。但在内心深处，一个声音警告他，他无法“解决”这个难题。

幸运的是，那天上午芭芭拉、卡萝尔和布莱恩没有来办公室打扰他，尽管如此，他还是很难集中精力工作。他的脑海中不断浮现出那两张宝丽来照片。第一张照片只是让人感到困惑，但第二张使情形变得异常严峻。他能得出的唯一结论是，有人即便不是想杀他，也是在威胁他。

他独自一人在办公室，将两张照片并排放在桌子上，再次仔细研究。照片真的是在同一个墓地拍的吗？他寻找相似之处，确实发现了几处，背景中那一排小树很明显是一样的。在金字塔形状东西的后面——那金字塔究竟是一座坟墓还是一座雕像，他还无法确定——他仔细辨别出同样凌乱的墓碑从高高的草丛中突出。

他的结论是，没错，拍摄者——不管他是谁——在同一个墓地拍下了这两张照片。

但是墓地在哪里？拍摄者到底是谁？

杰森把两张照片都翻过来，又仔细研究背面的文字。接着，他心里又冒出一个同样有趣的问题：这果真是威胁吗？

这些信息到底传达了什么？

你死了。你以为自己还活着，其实你并不存在。

如果把两句话合起来，按字面理解，表明他认为自己还活着，但已经死了，并没有表明有人想杀他，而只是他的死亡是既定的事实而已。

不管怎样，这个信息让人有些匪夷所思。在这之后隐藏的是什么呢？

杰森回想起大学时代他曾经和几个朋友进行过一次热烈

的讨论。那是一场循环辩论，一直持续到凌晨。他们最喜欢用四玫瑰波旁威士忌，外加几罐百威啤酒，来进行这种愉快而又常常毫无意义的谈话。斯图，现在在亚利桑那州凤凰城的一家IT公司工作，当时自认为是个哲学家。

那天晚上，斯图曾质疑在任一特定时刻自己是否还活着。他的核心论点是时间现象。他认为“现在”这个概念是不存在的，一个人说的或做的每件事说是“现在”，其实都发生在他的大脑处理完这样的陈述之后。这个过程发生在你真正说或做之后的几分之一秒，也就是我们的错觉总是让我们落后于时间。所以，事实上，我们完全不知道“现在”正在发生什么。斯图以一种奇怪的乐观语调结束了他的辩论：“也许我根本就没活着，向我证明我现在还活着。”

杰森从来不关心这种难以理解的哲学论断，通常最后都是由他来结束辩论。

他向后靠在椅子上，凝视着天花板。

两个简单却又无法回避的问题一直在他的脑海中翻腾：照片是谁寄来的？为什么？

这一天工作上又毫无进展，他决定早点下班，赶在凯拉之前回到家。他努力使自己的注意力完全集中在日常事务上，但发现这不可能。回到家后，他冲了个澡，换好衣服。很快凯拉也回来了，和他一样冲澡、换衣服。他们刚要出门去参加父亲的生日聚会，凯拉突然停下来。

“哦，你忘了带上给父亲的礼物，不是吗？”

杰森咬了咬下嘴唇，咕哝道：“该死！”

他回到屋里，从餐桌上取来包装精美的工具箱。这种事很少发生在他身上，通常都是他提醒凯拉忘记了什么。

“你又分心了，是吧？”他把车倒出车道时凯拉问道，“怎么了？”

这么显而易见？他沮丧地想着。一张宝丽来照片并没有使他过分不安，但第二张照片的出现让他濒临崩溃。

他再次觉得有必要把照片的事告诉凯拉，但又一次最终决定不能说。如果在去聚会的路上告诉她这事，她的整个晚上就毁了，父亲的生日聚会也必将随之毁掉。

以后，他默默发誓，以后再告诉她。

“我累了，”他说，“汽车大王的广告真是让我焦头烂额。”

即使在他看来，这个理由听起来也有些空洞，他从不善于撒谎，哪怕是善意的谎言。凯拉对他深表同情，他这才松了一口气。

“你工作确实很忙，”她说，“为一个销售垃圾产品、毫无创意的客户做推广方案，你必须得忍受各种麻烦事。我能理解。再坚持坚持，我们的假期很快就要到了。”

他点了点头，满怀热情地期待着。

“我真是等不及了。”他由衷地说。

他们敲了敲前门，杰森的父亲开了门，房子里已挤满了人。走进客厅，杰森认出了一些熟悉的面孔：亲戚、父亲的朋友、邻居，还有他在家乡康奈尔认识的一些人。父亲显然很开心，他的笑声表明还没有人扫兴地谈论起克里斯舅舅。但杰森相信，早晚会有个社交白痴谈及这个禁忌话题。他知道此人会是谁。

“爸爸，生日快乐！”凯拉喊道。她拥抱了一下公公，热情地亲了亲他的脸颊。老人一时没反应过来，杰森不禁咧嘴一笑，把礼物递给他。爱德华把礼物放在一边，答应聚会后再打开。

他们向其他客人打招呼，杰森在心里数着自己喜欢的人和不喜欢的人，数量相当。

聚会开始吧，他想着，心中并没有多少兴奋。

他陪客人聊天，适时地笑一笑，帮客人倒酒或拿甜点，但脑海中始终萦绕着一件事：那两张带有神秘信息的照片。

为了摆脱这种焦虑，他把注意力转向正在聊天的埃塞尔姑妈和凯拉。他确信埃塞尔在探听消息，她曾把查明杰森和凯拉什么时候要孩子作为人生的使命。毫无疑问，她自认为在这件事上言行谨慎，但她那种含蓄方式让人感到恶心。

凯拉显然不想再谈那个话题了，语气坚决地说：“姑妈，我们还没决定呢。我们有的是时间。”

“你们不是已经结婚了吗？”埃塞尔反驳道，“在一起都两年了，也该是时候了。”

在她看来，自己处理得很是巧妙。爱德华有五个兄弟姐妹，埃塞尔是之一。她和丈夫汉克养育了八个孩子，其中的两个，约翰和欧内斯特，此时正站在客厅一个僻静的角落里，尽量远离活动区域。

“有大把时间的，埃塞尔姑妈。”凯拉说，声音更加平和，也更有耐心了，“我和杰森才31岁，现在的夫妻都要等一段时间才要孩子。”

“确实，如果他们真打算要。”杰森听到姑妈自言自语了一句。

他转向汉克，问他生意如何。汉克6英尺高，性情温和。其实杰森并不是真对此感兴趣，只是想避开埃塞尔那些尴尬的问题。根据经验，他很清楚下一个话题是什么。埃塞尔会祈求上帝和所有已婚夫妇履行神圣职责来繁衍生息。

汉克拥有一家蒸蒸日上的建材企业，杰森这么一问，他便开始了一段生动的独白，讲述他为“优化孩子”——指的是自己的公司——所做的一切。生意很好，再好不过了，他兴致勃勃地说。最后，他用老掉牙的笑话结束了自己的独白，这个笑话杰森听过多次了。“告诉我，杰森，”他豁达地问道，“坦纳普雷斯顿公司招徕新客户吗？比如建筑行业？”

杰森也用老一套标准答案回复道：“哦，汉克，你知道，你公司太大，我们做不了。确实如此啊。”

汉克咧嘴一笑，拍了拍他的肩膀，然后去厨房续杯。

杰森发现父亲的其他兄弟姐妹都聚集在客厅的一个角落里。

74岁的斯蒂芬妮是老大，三年前丈夫去世。她戴着蝴蝶形状的眼镜，但镜框对她来说有点太大，这常常让杰森想起埃德娜夫人，娱乐圈那个男扮女装的角色，至少斯蒂芬妮也是叽叽喳喳说个不停。杰森发现，这个女人年纪越大，似乎越难以保持沉默。即使是现在，杰森强迫自己站在那里听她唠叨，可还是受不了她那一大堆苦口婆心的话，他只能把这些话当作耳旁风。

她再唠叨个25年没问题，杰森心想，在她玩完之前，她的弟弟妹妹或许早赴黄泉了。

56岁的希拉里是爱德华兄弟姐妹中最小的一个。她不像姐姐那样爱说话，但一旦开口，就哀叹自己不是这儿疼就是那儿疼，也搞不清哪些是真的病痛，哪些是她胡思乱想的。杰森每次和她谈话，最终都是可怜她弱不禁风，说她还得不停地去看医生。

他转向埃里克和罗纳德，这兄弟俩看上去非常相像。埃里克曾是一名会计，罗纳德在牧场工作了30年，两人现在都已退休，尽管职业不同，但关系亲密，有说不完的话。凯拉和他们聊了一会儿，看到公公忙活得像个酒吧侍者，便前去帮忙。杰森急于从斯蒂芬妮姑妈的喋喋不休中脱身，也趁机走过去帮忙。

“爸爸，我和凯拉负责倒酒，”他走进厨房，“你去和客人聊聊天。”

“那你们来吧，孩子。”爱德华说着返回客厅，“谢谢你们。”

“埃塞尔姑妈比平时更直言不讳了，你不觉得吗？”凯拉边说边熟练地调了四杯酒。在要孩子问题上，他和凯拉想法一致。他们有三条珍视的人生信条：彼此、事业、自由。而生孩子将会带来翻天覆地的变化。他们想要吗？准备好了吗？特别是去年，他们连续几个晚上讨论过这个问题，最终也没有做出明确的决定。既然没有最终结论，他们一致赞同以后再做决定。

杰森本想再次告诉凯拉，不要在意埃塞尔姑妈——她就是来回重复的破唱片，但刚要开口，脑海中突然浮现出那两张照片的画面，便一下子沉默了。

内心深处，他意识到，在某种意义上，姑妈是对的。为人父母是决定人生的大事，不能无限期地推迟。说实话，他想当爸爸。在过去几次和凯拉讨论这个问题时，他已经意识到了这一点。

“也好，”他最后说，“你觉得呢？”

她迷惑地看了他一眼。

“你什么意思？”

“她说的不无道理。”

“嗯？”

“或者没有，或者……嗯，你懂的，也许。你觉得呢？”

“她说的有道理？你认为埃塞尔姑妈说的有道理？”

他深吸一口气，接下来说的话可能会让他和凯拉完全陷入另外一种生活：更换尿布、彻夜难眠，还有生育孩子所涉及的种种其他事情。

“我想我现在准备好了。”

他脱口而出，顾不得太多了。

凯拉睁大了眼睛，“此话当真？”

杰森点了点头。他想说点什么，但没有说出口。凯拉盯着他，想知道他怎么会有如此的顿悟。

“你呢？”杰森声音沙哑地问道，“你不想当妈妈吗？”

她眼里噙满了泪水，“你现在问我这个？在这里？真是会找时候。”

“时候不对吗？”

“杰森……”她努力寻找合适的字眼，“我们怎么打理事务？工作呢？这一切呢？”

他咯咯地笑出声来，“那还有很长的路要走呢。在开始担心这类事情之前，我确定我们必须先播种，即使播种好了，我们还有九个月的准备时间。”

一滴泪珠从凯拉的脸颊上滑过，她一动不动，任凭泪珠滴落。

杰森走到她跟前，双臂搂住她，在她耳边低语：“你说得对，我选的这个时候糟透了。”

“没关系，”她小声回应道，“任何时候都可以。我爱你，杰森，说实话，我一直想和你生个孩子。”

这种真情实感让他喉咙哽咽，“我也爱你，凯拉。”他不知道还能再说什么。

不多时，希恩夫妇也到了。

“妈妈！爸爸！”凯拉的父母还没来得及向寿星祝贺，凯拉就大声喊道。她这次看到父母，比以往更开心，杰森沉思着，毫无疑问，这是因为他们刚刚在厨房的亲密交谈。杰森知道这种好消息凯拉可不会一直秘而不宣，果然，她很快就和父母交谈，然后杰森的岳父笑容满面地朝他走来。

她已经告诉他们了，杰森想，她真是不失时机，这的确是个大众话题吗？

“孩子，还好吧？”丹尼尔·希恩问道。

“还好，爸爸。”

“最近在你的广告公司忙什么呢？”

“呃，确切地说，这不是我的公司。我正在为一家汽车经销商做推广方案。”

显然，凯拉并没有和父母分享他们的秘密。

午夜刚过，杰森和凯拉就离开了。许多客人还在那里，不出所料，他们都在谈论克里斯舅舅，一直谈到凌晨。当然，埃塞尔姑妈是第一个谈及这个话题的，这让爱德华甚是沮丧，他最不愿意看到的就是节日气氛像过期的啤酒一样泡了汤。当然，另一方面，提起克里斯之死也是可以理解的。悲伤之情显而易见，没有人知道该如何恰当地处理此事，爱德华更是不知如何是好。这就像一条鲨鱼在水下游动，随时准备发起攻击，造成伤痛，哪怕是一丁点的挑衅。凯拉和杰森这两名家庭成员，更愿意避开这个话题。

此外，凯拉还一直在想着他们的决定。这个最终决定让被压抑的情绪和期盼如开闸的洪水得以释放，也让杰森忘记了那两张照片。一进入车里，凯拉就开始滔滔不绝地说个没完，一旦怀孕，一切都将改变。要不要把杰森的书房变成育婴室？这就需要把他的大写字桌搬到客厅去。也许他们可以把门廊的几平方英尺让给客厅，以增加客厅的空间。那不正是他和父亲拿手的吗？爱德华和杰森都擅长房屋翻新，所以对他们来说，往外扩一点应该是小菜一碟，对吧？然后她继续描述有关育婴室的一些想法。

杰森面带微笑，一直聆听着。她完全沉浸在自己的灵感中，杰森根本插不上话，当然也不想插话。他从来没有想过要抗议，一旦妻子下定决心要做某件事，没有什么能阻止或改变她，特别是她下定决心要和他一起做一件像创造孩子这样光荣的事情，这让他异常高兴。

突然，他的后视镜里出现了耀眼的光芒，原来是一辆从后面高速驶来的汽车开着大灯。

“颜色不能太鲜艳，”凯拉还在说着，“颜色要浅，要柔和，因为我听说对婴儿最好……”

她突然停下来，担心地朝他的方向看了一眼。

“杰森，怎么了？”

他凝视着后视镜，“我不知道。有人紧跟着我们，而且开着大灯。”

她回头瞥了一眼。

“这是干什么啊？”

这是突如其来的灾难发生前她说的最后一句话。杰森的别克车后面的灯光一下子变得更亮了，那辆车已经疾驰而来，似乎还在加速。

“小心！”他朝凯拉喊道。

那辆车冲上来，撞得杰森的别克车先是向前，又猛然向右滑去。胸口被安全带紧紧勒住，他感到呼吸急促。他牢牢抓住方向盘，猛踩刹车，汽车打转一圈，以惊人的速度朝路边的一排树冲去。

“坚持住！”他喊道，同时双手交叉挡住了脸。

凯拉尖叫着。别克车的一侧撞向树干，方向盘上的安全气囊瞬间打开，杰森的头猛地向后一仰，顿时觉得天旋地转。他努力恢复意识，摸索着寻找凯拉，先摸到了她的手，过了一会儿，又摸到了她的安全气囊。“上帝啊，谢谢你！”他喃喃道。

她什么也没说，只是坐在那里，瞪大眼睛，张着嘴巴，目不转睛地盯着他。然后，一股刺鼻的臭味飘过来。杰森马上意识到这是火的味道。车内冒烟了！他瞥了一眼安全气囊的上方，引擎盖下喷出一股火焰。

他一下子僵住了。他受伤了吗？他没有感到疼痛，什么也感觉不到。凯拉现在朝他尖叫着，但奇怪的是，他听不清她在说什么，甚至听不到她的话。一种奇怪的声音像是古老的钟声在他耳边响起。天哪，他头晕目眩，就好像正在体验一生中最疯狂的过山车，但这并不令人兴奋。

引擎盖下的火焰越烧越旺，温度越来越高，他也越来越感到绝望，但他依然无法动弹。地狱之火向他喷发，他的肺里全是烟雾，然而他什么也做不了，就好像被铁链束缚住了。

杰森睁大眼睛凝视着，一言不发，而他的命运之神正积蓄力量，无情地向他逼近，并要夺走他的性命。

第六章　火焰

沃恩正在翻壁炉旁篮子里的木柴，虽说比旁边堆在地板上的要干燥些，但还是发潮，主要是外面阴冷潮湿，木柴又刚拿进来不久。他拿起一大瓶工业酒精，似乎是要倒进火里。虽然杰森觉得完全没有必要，但他还是费力地把木柴从院子拖到客厅，点燃壁炉里的火。

杰森讨厌火，讨厌那不可预知的噼里啪啦声，那飘忽不定舞动的火焰，那潮湿发霉的木头燃烧时发出的臭味，还有那可怕的烟雾，这一切都让他直冒冷汗。但他来此做客，不便多说。在家里就大不一样了，他绝对不允许父亲爱德华点壁炉，他有权阻止，但在这里不行。他只希望谢里琳没有注意到自己害怕。他们约会已有五个月了，在他看来，她还没有意识到他有恐火症。

沃恩，谢里琳的父亲，往壁炉里的木柴上倒了些酒精，熟练地划了一根火柴，扔到木柴上。呼！一团火焰腾空而起。酒精瓶从沃恩的手中滑落，掉进火里，翻腾起来，然后在熊熊燃烧的火焰中爆裂，直冲橡木天花板的横梁。沃恩本能地退后一步，把女儿推开，又想抓杰森，但没有抓住。

火舌从壁炉里翻滚而出，吞噬着地板上的波斯地毯，随即又冲向杰森。杰森的世界突然成了一片地狱般的火海，四面八方全是火舌群舞，狰狞恐怖。他只是盯着，如瘫痪一般，一动不动。火焰继续逼近，酷热灼伤了他的皮肤。他听到有人呼喊，后来才意识到那是自己的声音。第一只火爪正抓扯着他的身体，他开始尖叫。

谢里琳出现在他面前。她的脸模糊不清。

“杰森！”她喊道。

他看到她的嘴，又看到她脸上流露出困惑和恐惧的表情。

“杰森！杰森！”

忽然，火焰从他身旁退去，如同凶猛的狮子退回到巢穴中。火舌也渐渐缩小，慢慢回到壁炉里，就像电影在回放。他几次紧闭双眼，然后睁开，简直难以置信。

他发现谢里琳的父亲站在她的身后，看起来同样困惑担忧。

杰森环顾四周，一切完好无损，根本没有什么火海。他又盯着壁炉，看到火焰因为酒精的缘故比原先烧得更旺了，仅此而已。他刚才一定是产生了幻觉。唯独他能够对没有发生的事情产生幻觉，并且反复出现的噩梦会进一步强化这些幻觉。噩梦中，一场大火要吞噬他，而他无法逃脱，这让他惊恐万分。

谢里琳对此一无所知，沃恩和他的妻子弗朗西丝卡更是无从知晓，只有杰森的父母知道此事。

“杰森，你大汗淋漓，就像个……”

她说不下去了，瞪大眼睛看着他。杰森看到她满眼的不解与恐惧。

“你没事吧，孩子？”沃恩关切地问道。

弗朗西丝卡听到杰森的尖叫声，也来到客厅。

杰森摸了摸自己的脸。谢里琳说得没错，汗水正不停地滴落，而且他膝盖发抖，心脏怦怦直跳。他想逃离这里。

“给他拿把椅子。”弗朗西丝卡说，“杰森，你到底怎么了？”

他必须说点什么，三双眼睛正茫然地看着他。他努力寻找合适的字眼。

“我想……这火……”

他想，不，他刚才是感觉到火焰向他扑来，而且确信自己会被活活烧死，他待在那儿，无法动弹。

谢里琳不会理解的，所以他什么也没说。她父母也不知道杰森到底怎么了。他看到了谢里琳眼神中的另一种东西：疏离。他意识到她无法理解眼前的这个杰森。她不再需要他了，这突如其来的变化打破了她对男友的印象。杰森现在就在她的眼前，满头大汗，脸色苍白，浑身发抖，活力尽失，变成了一个可怜的废物。谢里琳不知道他会有如此一面，显然这让她深受打击。

他意识到会失去她，就因为她父亲把一瓶酒精倒进了壁炉。在他的脑海中，火焰又重新燃起。

那天晚上，谢里琳没再和他说一句话，好像根本不认识他。

他离开时，她敷衍地吻了他一下。他已经失去了她。谢里琳，16岁的杰森·埃文斯认真约会的第一个女孩，已不再需要这样一个显然情绪极不稳定的男友了。

第七章　死期

驾驶室的门被猛地拉开，他抬起头，有人正惊恐万分地低头看着他。

“快点，杰森！”凯拉叫喊着，“出来！”

披散下来的乱发遮住了她的大部分脸。他仍然待在那儿，一动不动，只是目不转睛地盯着她，好像从来没有见过她，也不知道她是谁。

凯拉拽他的胳膊，但他还系着安全带，她骂了一句，先伸手把安全带解开，又拽他的胳膊。由于重心转移，他从车上掉到坚硬的地面上，他痛苦地呻吟着，但新鲜的空气似乎终于使他清醒过来，恢复了活力。

他看着车。火花继续从引擎盖下蹿出，但数量不多，而且摇曳着渐渐熄灭。他想象中的熊熊烈火是否真的发生过？

“我们必须快点离开！”凯拉喊道，“汽车可能会爆炸！”

他慌忙爬起来，抓住妻子的手，拼命跑离别克车。跑到公路另一边的安全地带，他停下来，双手扶着膝盖，大口喘着气，平定一下紧张的情绪。

现在只有他和凯拉在康奈尔和费恩希尔之间的蒙特马尔大道上，圣莫尼卡山脉中一个极其偏僻的地段。撞上他们的那辆车没有停下来。杰森根本不记得那是一辆什么车，也没有想到这个问题，甚至现在也没有。

然而，火焰——他的噩梦，确实发生了。

过了很久，他们终于在黎明前回到家。冲完澡后，两人就直接上床睡觉。凯拉的头几乎一碰到枕头就睡着了，但杰森无法入睡。他躺在那儿，大脑和情绪久久不能平静。他气冲冲地将被子掀到一边，盯着天花板，备受折磨的思绪依旧不停地纷飞。

夜间的事情还一直困扰着他。他当时用手机拨打了911，一辆警车很快赶到了现场。两名警官，一名是高大的金发男狄龙，另一名是更显强壮的平头男赫伯特，他们用灭火器扑灭了最后的火焰，然后开始询问。

杰森和凯拉告诉警察，那名司机可能是喝醉了，与他们的别克车追尾。但他们说不出司机或汽车的详细信息，甚至连汽车的颜色也不知道。一切发生在几秒钟之内，而且车速极快，还因为强光他们根本看不到，外面漆黑。在详细记录之后，警官坚持用警车把他们送到巴洛医院的急诊室，值班医生简单检查后说两人并无大碍，然后狄龙和赫伯特又好心地送他们回家，并承诺会彻底调查肇事逃逸的司机。

在回家的路上他们谈了一会儿。杰森明天会打电话给保险公司，让他们把别克车拖走。

“如果这车彻底坏了，也许我该给汤米·琼斯打个电话。”杰森打趣道。但凯拉只是摇摇头，觉得这句话毫无幽默感，杰森也觉得不怎么好笑。

对于引擎着火后他吓得呆坐在那儿，凯拉没说什么。她了解他，早就知道他有恐火症。谁撞了他们的车？有人喝多了，凯拉坚持说。她毫不怀疑，但杰森心生疑虑，又想到那两张凯拉一无所知的宝丽来照片，这也是他心情紧张、无法入睡的根源。

最后他悄悄下床，来到楼下，打开门廊的灯，走了出去。夜晚空气凉爽，轻抚着他的脸颊，还有他赤裸的胸膛和手臂，感觉很好。几乎没有风。蟋蟀和其他昆虫早已开始了它们愉快的夜间合奏。云朵遮住了银色的弯月，但天空已不再漆黑，而是微微泛黄，然后慢慢变为深蓝。天上星星点点，林中万籁俱寂，他不禁有些伤感，一下子想到斯图关于不存在什么现在的哲学。但随后，别克车起火的事情又萦绕心头，抹去了他脑海中的其他画面。当最后回屋再次上床，依然无济于事，他无法幸福地沉沉睡去，遗忘一切。

他躺在床上，听到屋里有声音：排水管哗啦哗啦地响，木头也在嘎吱作响。有噼里啪啦的爆裂声吗？他闻到了令人恶心的烟火味吗？

杰森僵在那儿。最后，他悄悄钻出被窝，冲出卧室。那是什么？走廊里有东西在发光？他手指发颤，摸索着照明开关。灯亮了，没有烟雾，也没有噼里啪啦的火焰，什么也没有。

汗水顺着他的脸颊流下来。他感到一阵恶心，本能地从走廊跑到客厅，打开那里的灯，然后又跑去厨房，跑去浴室，甚至跑到外面的后门廊，但没有发现一丝火光。当然没有，他在内心深处责怪着自己。

他现在平静多了，只穿着内裤，又从外面绕着他们的峡谷景观房转了一圈。

烟火和死亡的腐臭气息已慢慢消失。他现在闻不到什么了。没有火焰，也无须惊慌。

他双手交叉置于脑后。

不要受这件事的影响，杰森，他暗忖，要保持冷静，相信常识。

此时，东方已晨曦微露。

杰森回到屋里，发现和走廊相连的客厅的门开着。他走过去，发现门厅的门垫上有什么东西。他弯腰捡起来，是一个信封。他的心猛地一沉，又感到一阵恶心。

当然又是马尼拉信封，他见过的粗体字这次只写着他的名字，没有地址，也没有邮票。

这封信是写信人自己送来的。

什么时候？是他和凯拉从医院回来时就已经放在这儿的？不可能，那样他应该会注意到。

不管是什么东西，现在就在他手里。

杰森盯着信封，不敢撕开。最后，他还是手指颤颤巍巍地撕开了信封。

里面又是一张宝丽来照片，但是这一张和前两张不同。他这次看到的不是另一个墓地，而是灰色砂岩墙上的一个字母。一堵历经风吹雨打的墙，墙面已不完整，有不少裂缝，还长满了青苔。一堵奇怪的墙……

然后他突然意识到，他看到的是一块墓碑。墓碑填满了整个画面，在灰色背景上，像涂鸦一样，一个优雅的红色字母赫然而出：M。

弯曲的红色字母M占据了灰色背景的很大一部分。杰森很快断定这个字母是叠加到照片上的。对于一个知道怎么做的人来说，这并不难，他可以在瞬间完成。

他把照片翻过来，背面是一行手写的字：8月18日，你的死期。

第八章　旧梦

第二天早上，杰森和凯拉分别给各自的老板打电话，布莱恩·安德森和帕特里克·沃伊特听到消息后都深表震惊和关切。杰森和凯拉尽量让他们放心，说一切还好，很庆幸事情没有更糟。

凯拉开着她的克莱斯勒车送杰森去了城市露台大道的费利克斯汽车修理厂。他们和首席机械师罗恩·沙夫纳一起查看了别克车的受损情况。格栅全部撞烂，挡泥板部分脱落，前灯破碎，引擎盖轻微弯曲，向上开着，而且边缘处常见的铝制光泽被一道道烧黑的痕迹弄得脏兮兮的。

罗恩挠了挠啤酒肚，吐出一团嚼烟，拖着一贯刺耳的鼻音说："我们应该能修好，不过得花点时间。"

"好的，罗恩，谢谢！"杰森叹了口气，"我唯一的要求是，尽力而为。你知道我信任你。"

杰森租了辆雪佛兰乐骋——汤米公司的便宜货，跟在凯拉的车后面回家。他刚回到峡谷景观房，当地的警长就来访了。警长——吉列尔莫·卡亚佐，一个意大利名字，穿着得体的细条纹定制西服，还抹了一点阿玛尼须后水，看上去很有派头，颇得凯拉的好感，让杰森都有点心生嫉妒了。他待了半个小时，做了大量记录。然而，事实证明，杰森和凯拉并没有提供更多信息，该说的都跟狄龙警官和赫伯特警官说过了。他们刚注意到一辆开着刺眼大灯的车，别克车就被撞出了公路，而肇事司机迅速逃逸。吉列尔莫点点头，表示明白，说他计划调查别克车的痕量证据，也会到撞车现场寻找蛛丝马迹。

杰森没有向警长提及照片的事，也没有和父亲说过。凯拉忧心忡忡地看了他几眼，仿佛觉得他隐瞒了重要信息。但她什么也没说，心里想，也许他还一直惦记着汽车引擎突然起火的事，而对他的恐火症她无能为力。

那天晚上，凯拉已经睡着了，他躺在床上，担忧再次袭来，不禁又想到那些照片。到底是什么意思？是谁拍的？他的怀疑逐渐变成了确信：送最后一张照片的人就是肇事者，他撞了别克车后，趁他们混乱之际偷偷溜进房子，把第三张照片塞进了前门的投递口。

若果真如此，那么事故就不是事故，而是一次蓄意袭击。

那么其他宝丽来照片或许已经准备就绪，或许还会有其他突击。

会有人在 8 月 18 日杀了我吗？

一切会在那时结束？他仅能再活一个月？

不能再对凯拉保守照片的秘密了，必须向她坦白一切。但是他害怕，还是有什么东西让他犹豫不决。

差不多午夜时分，杰森发现自己身处一片没有星星的黑暗中。他从眼角瞥见了火光。门在哪里？他找不到。他的心怦怦直跳，汗流浃背。他环顾四周，发现自己被火焰包围住了。是火葬用的柴堆吗？他张开嘴尖叫，但发不出声音。酷热灼伤了他的脸和皮肤。没有出路。火焰高耸入云，把他包围起来。痛苦，哦，上帝啊，痛苦……

他发出声嘶力竭的哭喊，猛地坐了起来，大口喘着气。

这不是真的！他努力使自己相信，我没有被困，没有火灾，也没有被烧伤，那只是一场梦，一场噩梦。

“杰森？”他听到凯拉在身边低语，显然她正努力克制自己的恐惧，“全能的上帝啊，杰森，怎么了？”

他想回答，但牙齿打战，身体也在抖动，就像受到了暴风雪的袭击。他擦了擦脸上的汗水。或是泪水？是的，是泪水。天哪，他竟然像个孩子在放声大哭。

凯拉紧紧搂住他。

“杰森，说点什么，跟我说说。”她恳求道。

他深吸了一口气，努力抑制住身不由己的抽泣，觉得头好像要炸开。

“我又做那种梦了。”他痛苦地低声说。

她心中明了，像是猜到了，凝视着他，“你是说噩梦？”

他点点头，“是的，噩梦。”

“当然是因为这次事故引起的。”

他摇摇头，“不是，你没明白，是那种噩梦，和我以前做过的一样。”

凯拉按摩着他的后背，他渐渐不再颤抖。她凝视着他的眼睛，“关于火灾，而你无法逃脱?”

“是的，就是那个。我在某个黑暗的地方，那是晚上，除了火我什么也看不见。四周都是火，火焰不断向我逼近，但我像是被绑在木桩或什么东西上，无法动弹。我只能等待火焰将我吞噬，将我化为灰烬。然后我醒了。”

凯拉咽了一下口水，想说些什么以示爱意和关心，但欲言又止。杰森把一只手放在她的脸颊上，看到她眼中闪烁着泪光。瞬间，他不再发抖，为自己给她带来的痛苦深感内疚。她甚至不知道那些照片的事。

他又躺下。最后一次做这样的噩梦是在四年多前，他们刚见面不久。他不记得这种梦是什么时候开始的。小时候，他做过几次这样的梦，从那以后的20年里，火焰经常侵扰他的美梦，有时一周几个晚上都会噩梦缠身，有时一连几个月又平安无事。偶尔，即使在大白天，他也会感到一阵恐惧，就像在谢里琳家里那次。他对凯拉的爱让他从四年前的噩梦中解脱出来，以为再也不会做那样的噩梦了。

但他依然怕火，只是没有以前那么强烈了。

尽管如此，一想到失控的大火，他的脑海中就会浮现出令他恐慌的画面。无论是烛火、营火，还是万圣节的篝火，杰森几乎讨厌所有的火，并尽量避而远之。往事又涌上心头。在父母家，他从小就不让父亲点壁炉，即使是在寒冷的冬夜。爱德华起初没有理会他的反对意见，但在儿子经历了几个噩梦缠身、极度痛苦的夜晚之后，他接受了这样的事实：壁炉将永远空着。在峡谷景观房，他们也从不点蜡烛，杰森还说服凯拉家里不需要壁炉。

起初他曾试图否认，但他逐渐意识到自己的恐惧确实是毫无道理的，甚至有一个科学术语来形容这种状况——恐火症，一种对火的极度恐惧。这个术语已经在他心中根深蒂固。为什么会这样，他不知道。他从来没有遇到过火灾，也没有什么能与他的恐惧紧密相连。他曾经问过父母，是否自己童年发生过什么事造成了他的恐火症。也许这件事他不记得了，但沉潜在他意识深处的过去是解开他反复出现噩梦原因的钥匙吗？

可他的父母一直无法提供任何实质性的东西。爱上凯拉后，他没再寻找噩梦的线索。他沉浸在爱河中，除了想着如何让她开心，别无他念。

过去的四年，一切正常，折磨他身心的火焰似乎终于熄灭。四年来，一直不错。但是现在，一个匿名拍摄者残忍地将那可怕的病痛又添加到他的幸福生活之中。杰森必须要搞清楚这个人是谁，想要传达什么信息。他觉得自己的时间不多了。

8月18日即将来临。

第九章　走投无路

周五，按照说好的，他们重返工作岗位。杰森一走进公司大门，同事们就纷纷围上来问个不停，他不得不把那些骇人听闻的细节又说了一遍。他的描述引人入胜，同事们个个全神贯注，听得入迷。直到众人最终散开，各自回去工作，杰森才把卡萝尔·马丁内斯叫到办公室，问她离婚进展如何。卡萝尔说布鲁诺已经离开了她，她的律师会尽快提出离婚诉讼。一切很快就会过去，她微笑着向他保证。杰森按了按她的手，回之一笑。

“我想请你帮我查一件事。”他尽量做出随意的样子，“准确地说，就是这个。”他指着电脑屏幕上的图像补充道。

他之前扫描并保存了第三张宝丽来照片，以免卡萝尔看到照片背面的信息。“我可以用电子邮件发给你。这张照片有些怪异，被修改过，石头上有个字母M，那可能是块墓碑，原先的名字可能用Photoshop抹去了，替换上字母M。”

他平静地看着她，仿佛只是想让她帮个小忙。“请继续，”

她向前探身看着照片，“你到底想让我做什么？”

“我想你能否提取照片上的图层，再现石头上的名字，”他又补充一句，“如果确实有的话。”

“我试试，你从哪里得到这张照片的？”

“是垃圾邮件里的，”杰森撒谎说，“出于好奇，我想知道你能否确定它原来的名字。在这方面你可是高手，我望尘莫及啊。”

看得出这一夸奖让她心花怒放。

“我尽量，”她说，“快给我发邮件吧。”

她一离开，他就发了邮件，尽管也没有抱太大希望她能发现什么有价值的东西。只有原始发件人的电脑包含了用Photoshop制作图片的各个图层，况且，他也不确定原始照片中是否有名字。

但值得一试。

同时，他自己也忙开了。在谷歌上搜索关键词“金字塔墓地”，显示出一篇关于埃及法老的冗长文章。搜索“坟墓+金字塔”，结果是上千个关于古埃及的链接。他又尝试了其他组合，但一无所获。用这种方法搜索他需要的具体信息确实像大海捞针。

卡萝尔来到敞开的门口，报告说她的分析毫无结果。

走投无路。

多亏了安东尼、芭芭拉和卡萝尔的出色工作，为汤米·琼斯做的推广方案现在已经完成初稿。他们最后一次头脑风暴会议出人意料地顺利。每个人目标明确，彼此的构思又互相充实、强化、提升。今天不需要杰森再费心，他可以提前开始周末计划了，这是目前最实际的。

杰森认识一个他认为的电脑天才——卢·布里格斯，如果卢在照片中找不到任何线索，那就没人能找到了。

他拨打了卢的电话号码，铃响三声后，卢像往常一样气喘吁吁地接了电话。杰森问可否顺便去拜访他。

“当然可以，”卢一如既往地爽朗说道，“什么时候？”

杰森看了眼手表，才3点半，虽然他应该在办公室至少待到5点，但现在他在乎的可不是工作。

“我现在过去可以吗，卢？”

“当然，一会儿见。”

杰森开着租来的雪佛兰乐骋——根据罗恩·沙夫纳的最新消息，他的别克车还得在修理厂待上几个星期——离开市中心的办公楼，前往北好莱坞。宽阔的柏油路两旁是低矮的建筑，上面有醒目的标识和绵延数英里的花哨广告牌。他左转到伯班克大道，进入一个中产阶级住宅区，在一座白色木屋前停下车。木屋最引人注目的特点是有两个不对称的屋顶，第二个倒V字是在回转的四分之一处靠着第一个倒V字加上的。

一年前，卢通过一个网络论坛与杰森结识，网站名为ipyrophobia.com，一个恐火症网站。在给论坛的一封电子邮件中，卢讲述了自己的人生故事，原来他在一场可怕的房屋火灾中留下了严重的伤疤。

杰森回复了卢的电子邮件，对其深表同情和鼓励。随后，两人经常邮件交流。有一天，他突发奇想去拜访卢。卢自称的“严重伤疤”其实是轻描淡写了。乍一看，杰森对眼前的这个男人感到一阵恶心。卢，头顶光秃，瘦骨嶙峋，看上去更像是一具骨架：他没有耳朵，没有鼻子，也没有嘴唇和眼睑，而且坐在轮椅上，严重的肌肉痉挛使他走不了多远。他和杰森同岁，但是皮肤粗糙发乌，看起来老了几十岁。

卢没有多少亲友，几乎生活在隔离世界，是互联网救了他。他靠投资股票过着体面的生活，金融危机曾摧毁了许多人，可他安然无恙。在某些圈子里，他作为华尔街的专家颇有名气。这对他来说是一个理想的状态，因为他从来不需要面对面会见什么人，但收入源源不断。

最初，杰森对卢的外表深感震惊，但之后他们的接触多起来，通常每周会定期见一次面。随着时间的推移，杰森越来越钦佩卢的头脑敏锐。大火可能夺去了他许多东西，让他的身体残缺不全，但却没有夺去他的聪明才智。卢似乎总是有可靠的建议或有趣的故事让杰森振作起来。有一次，他甚至帮着杰森为其广告提供了一个极具创意的好点子——尽管卢这个天才没能为汤米·琼斯的推广方案提出任何建议。还有一次，卢修好了杰森的笔记本电脑，当时病毒几乎把硬盘上的所有东西都破坏了。通常他们会谈论一些日常琐事，在杰森离开之前，卢总是设法让他对生活更加充满信心，但他们一直禁忌的话题是两人都患有的恐火症。

卢曾告诉杰森，他被烧成这样，是因为17岁时家里的煤气管道爆炸，很快，房子就变成了火海。虽然他受了重伤，但在这场灾难中幸存下来，而他的父母未能幸免于难。说到此，他情绪激动，悲痛欲绝，无法继续讲述他的故事。即使是现在，一想到那场悲剧也会让卢痛彻心扉。

因此，卢不愿谈论火的话题。如果偶尔提及火，他的脸会抽搐，伤疤变得更加明显。

杰森按响门铃，门咔嗒一声开了。卢几乎为家里所有东西都安装了遥控器，包括大门。这个面目全非的男人坐在轮椅上，愉快地向他打招呼。杰森回了一句问候，走进了客厅。客厅里，沙色瓷砖地面一尘不染，摆放着一张米色沙发，几把同样颜色的软垫椅子，一张玻璃咖啡桌，两个白色橱柜，一台平板电视，还有三块大尺寸的电脑屏幕并排放在一张白色长木桌上。木桌摆在一扇窗户前，从那扇窗户可以看到整个小后院，这是该地区很典型的房屋设计。

杰森在椅子上坐下，把那三张宝丽来照片放在咖啡桌上。卢拿起照片，逐张研究了一下。

“我就开门见山了，”杰森说，“我来此就是因为这三张照片。你可能纳闷我为什么给你看。”

“是的，但我有预感你会告诉我的。”卢说，心不在焉地用右手敲击着桌面。

杰森开始讲述从星期一以来发生在他身上的每一件事。他急切地想告诉卢有关这些照片的每一个细节，这让他自己也大吃一惊，因为他还没有告诉过凯拉。但他信任卢，而担心凯拉会不知所措，大发脾气。他讲述时，卢从桌子对面滑给他一瓶啤酒，自己也拿了一瓶。杰森感激地喝了一大口。

“归根结底，”他总结道，“我不知道这一切意味着什么，也不知道该怎么办。显然我的死亡日期是8月18日，至少寄照片的人在最后一张照片上是这么写的。很有可能是同一个人把我的车撞下公路，并宣告我已经死了，我只是自认为还活着。他什么时候再发动进攻？下一张照片会是什么时候寄来？我和凯拉被监视了吗？我该怎么办？”

卢还没来得及回答，杰森又有点郁闷地说：“我来这儿是因为我想你也许能从照片中获取点什么。第二张照片里有座坟墓，如果能确定那座坟墓，我就能知道这是哪个墓地了。我确信第三张照片中的M是PS过的，想知道原先刻在墓碑上的到底是什么。”

卢拿起啤酒，大口喝着，然后轻轻把瓶子放回到桌子上。

“你为什么一开始没行动呢？我先把第三张照片扫描一下。”

这种说话方式是卢最典型的特色，他不会因什么事情而惊慌失措，只是采取行动。杰森递给他三张照片。卢把带M的那张照片放到惠普扫描仪的盖子下面，然后打开电脑上的一个程序，不是Photoshop软件，而是其他工具，他收藏了大量软件。

“我刚才说的你怎么看？”杰森问道。

“猛料啊。”卢简单地说。

“你说得没错。”杰森叹了口气。

“这件事你都跟谁谈过？”

“你是第一个，甚至凯拉也不知道。”

“为什么没跟她说？”

“你知道她的问题。我们刚刚经历了克里斯的事，现在这……”

他摇了摇头。

“但我会告诉她的，时机成熟时，我知道我必须说。”

“为什么不报警？”卢又问。

“就在昨天，因为那场事故，警察来我家了。一个叫吉列尔莫的警长，在我看来，就是那种花花公子型的，不过我想凯拉喜欢。他问……”

杰森屏住了呼吸，第三张照片全屏出现在显示器上，据他判断，字母M是用红色颜料涂在墓碑上的。

“他问了各种各样的问题，”杰森过了一会儿继续说，“但因为凯拉也在家，我就没说。”

“现在可没什么阻止你去见他了。”

杰森揉了揉下巴，“是的，没错。”

“看，”卢指着屏幕说，“已经分层了。”

杰森抬头一看，发现墓碑和红色的M已经分开，那个字母现在就在屏幕上的墓碑旁边。

“天哪，你做得这么快？”

“我很在行，”卢咧嘴笑道，“我确实很在行。”

灰色墓碑上只有岁月侵蚀的痕迹，布满青苔，裂痕斑斑。

“我本以为……”杰森刚要说，又停下清了清嗓子，“我本以为在M下面还另有其名，墓碑上原来的名字。”

卢摇了摇头，“我只能分离这一层，就这些。”

“你确定？”

“我还可以再试一试，但我很确定。”

杰森叹了口气。卢把轮椅转过来，注视着他。

“你会怎样想？要是你的名字出现在上面？”

“不可能。”杰森立即答道，好像是在强调这个想法太荒谬了，只是他根本不认为这是荒谬的。

“对，当然不可能，但是……”

杰森最终决定，不管那么多了，还是坦言自己的想法。“我想了好几天，”他说，“一方面，这可能是一种威胁；另一方面，措辞又不像。我应该已经死了，死亡日期显然是8月18日。从这个角度看，这些信息可以解释为陈述既定的事实而已。墓碑上都有名字，我想……”

卢看了他一眼，点点头，“我知道了，这也是我的想法。从技术上讲，你也知道，拍照者可以删去原始的名字，但是没有源文件是无法分辨的，也许他用了一块空白石头来拍照。”

杰森若有所思地用一只手搓着下巴。

“所以我应该尽量找到制作这张照片的原始图像。你是这个意思吧？”

“是的，”卢说，“最好是找到真正的墓碑。”

杰森点头表示同意，“但这意味着我必须找出这座坟墓在哪个墓地。我做了一些调查，但到目前为止还无结果。”

“要我帮你找吗？”卢说。

“需要，卢，谢谢！”

他站起来，开始来回踱步。

“你赞同我应该按照字面意思解释这些信息？但我向你保证，我可还好好地活着。”

卢笑着揉了揉光秃秃的头。因为没有嘴唇，他的牙齿看上去很大，极其不自然，所以他的微笑让人觉得不是友好和善，而是阴森可怖。

“我看得出来。”他肯定地说。

“还有那次车祸，我真是死里逃生。如果是那个拍摄者开的车，他那样做肯定不是表明我已经死了。事实上，他是想撞死我。”

卢耸了耸肩，“这一点我也解释不了，杰森。如果你问我，我觉得第一步是找到那个墓地，我马上帮你查查。”

杰森回到家后，吃了两片阿司匹林缓解头痛，然后坐在门廊的吊椅上等凯拉。凯拉这次回家比平时晚，也许因为她昨天没上班，今天得加班。

杰森今天没再收到马尼拉信封，在坦纳普雷斯顿公司没有，在家里也没有。凯拉终于回来了，告诉杰森她回来迟是因为得加班编写年度报告附录。然后，杰森与她分享汤米·琼斯项目的进展。他们没有再谈论车祸，似乎不约而同地决定要把那个噩梦抛到脑后。

他们热了一下速冻快餐，看了一会儿电视，然后早早上床睡觉。那天晚上平安无事，没有噩梦，也没有火焰。他急需睡眠，而那晚他睡得不错。第二天早上，他9点才醒来，发现凯拉已在花园里漫步。太阳高照，万里无云：今天早晨，死亡和火灾似乎已远离他们的生活。

星期天，美好的生活还在继续，凯拉又一次提起孩子的话题。一想到很快就要有自己的孩子，他们感觉连接彼此情感的纽带更紧了，决定这天好好放松一下。杰森打开电脑，凯拉则坐在门廊的吊椅上悠闲地看书。

下午悄悄逝去，傍晚不知不觉来临，他仍然没有勇气告诉她照片的事。这一天过得很完美，他不愿让她心烦。这些照片和手写的信息会让她陷入恐慌，会激起那些被忘却的回忆。她和前男友拉尔夫之间的问题与现在发生在他身上的事情不可思议地相似。

然而，结果却是凯拉迫使他承认。11点，就在要睡觉前，她突然闯进书房。他穿着浴衣，坐在写字桌后，仍然在网上搜索着金字塔形状的坟墓。白天，他尝试了好几次，试图找出照片上的网络图像，同时希望能发现墓地的名字和位置，但一切徒劳。

“这是什么？”凯拉喊道。她穿着一件薄薄的白色短睡衣，站在房门口，一副怒气冲冲的样子。

她右手里拿着那三张照片。

第十章　坦白交代

杰森慢慢站起来，看着凯拉的脸色，他也神情严肃。她一脸怒色，凶巴巴地瞪着他，仿佛她这是当场捉奸。

“你在哪儿发现的?”他轻声问道。

“你裤子口袋里,”她毫不犹豫地说，“我想在睡觉前把衣服洗了。杰森·埃文斯，怎么回事?”

称呼里加上他的姓通常表明她确实生气了。他必须保持冷静，小心行事。“我一直想告诉你的。”他有些胆怯地说，“过来，坐下。”

“我不想坐下!”她气呼呼地说。

他绕着写字桌走过去，一只手放在她的肩上。她甩开他的手。

“别碰我！先说说怎么回事!”她挥舞着照片，嘶哑地喊道。

他开始讲述，尽量不让声音里流露出恐惧和怀疑的语气。他不能再添乱了。一方面他为一直没有告诉她这个秘密深感自责，另一方面也痛恨自己换浴衣时忘了从口袋里拿出照片，藏到安全的地方。

这次是没有什么托词了，他必须坦白交代——为了她，也为了自己内心的平静。他说了迄今为止的一切，包括他拜访卢·布里格斯，还有自己试图确定墓地的位置，以及他如何尝试从第三张照片中的墓碑上推断出名字。他一直没有告诉她的主要理由是不想让她担心。

凯拉仔细听着，似乎他每说一句话，她的眼睛就睁大一点，脸上不断掠过难以捉摸的表情。他讲完后，她沉默了好一会儿。

“所以这可能是一种威胁，”他最后说，“尽管那些留言并没有明确表明这一点。”

凯拉又看了看照片和留言，然后抬头直视着他。“杰森，你有敌人吗？”她试探性地问道，“我很难想象你有敌人，也无法想象他们是谁，但你有吗？会不会有人想伤害你？谁会那么恨你？”

虽说她现在还生着气，但怒气慢慢变成了对他的担忧。

杰森耸耸肩，“我不知道，凯拉，我想我没有什么敌人。”

“可是，这一切究竟是什么意思呢？谁会做这样的事？”

“我也毫无头绪。”

“为什么有人想看到你死呢？”

“我跟卢说过，我不确定有人会这么做。”杰森坚持说，“照片上的留言并没有明确表明是威胁，只是说我死于8月18日，我现在不是真的活着。”

凯拉再次研究照片及背面的文字。她双臂交叉，拇指轻弹食指，好像在摆弄一只看不见的打火机，这是她紧张不安时的一个习惯表现，“你认为这次事故不纯粹是事故？”

“你觉得呢？”他反问。

她挥挥手，没有理会这个问题，“你为什么不报警？”

“卢也问了我同样的问题，但我可以晚点报警。问题是，我不确定要举报什么。正如我一直说的，没有明确表明这是威胁。也许仅仅是一场事故，我还没有证据证明它不是。谁知道呢？也许只是某个怪人想吓唬我。如果是这样，他成功了。”

“也吓到我了，”凯拉补充道，“我们现在该怎么办？”

“问得好，”他叹了口气，“寄件人想让我们做什么？我尝试的每一条路都是通向死胡同。我需要弄清楚照片是在哪个墓地拍的，这是另一个难题。我还没能找到任何线索，也没有收到卢的信息。”

“你自己也有两台宝丽来相机。”她说。

确实如此，一台老式怀旧的95B和一台相当新的TL234，1 200万像素。就在最近，他刚在易趣网上卖掉了一台TL031。

“是的，没错，你这是什么意思？”

她耸了耸肩，“你是宝丽来相机的粉丝，甚至还加入了一个在线俱乐部，但宝丽来相机已经不再时髦了，过时了。”

“也就你这么说。”

“是，是我这么说的。想想看，为什么不给你发送数码图像？”

“我不知道，凯拉，也许这本身就是一个信息。你认为这些照片是我的宝丽来朋友寄来的？也许杰克？瑞奇？肖恩·赖利？”

凯拉把目光从他身上移开，随即又转回来。

“你为什么不跟我说？”她又怨恨地问道。

“我刚才说了，不想让你担心。在和你讨论之前，我需要考虑一下。”

突然，她体内的什么东西似乎崩溃了。她打了个寒战，照片从手中滑落到地上。

“不要再这样了。”她含泪低语道。

杰森走到她面前，双手搂住她的腰。

“我不会是第二个拉尔夫。”他轻声说。

她把脸贴在他的胸前。

“你没死，”她抽泣道，“你不能死，你不能。”

“我不会的。”他比平时更加坚定地说。

“别离开我。”她抽泣着恳求他。

“我永远不会离开你，”他坚定地说，“这一切会过去的。你我会共渡难关，白头偕老，我们还要做优秀的父母呢。我保证，我不会死的——至少短期内不会。”

他从地板上拾起照片。

“但现在，我们必须得解决这个问题。我……我们必须尽量理解这些信息的含义。帮助我，凯拉，我们一起解决。”

她深吸了几口气，抬头看着他，眼里闪着泪光。

“我们当然会一起，”她强调说，“答应我，你再也不会对我保守秘密了。再也不会，听明白了吗？别再这样对我。”

他双手温柔地捧着她的脸。

“一起。你和我。一起就能解决这个问题。”

第十一章　火把

第二天早上，凯拉面容憔悴，开着克莱斯勒铂锐轿车前去上班。她身着时髦的棕色夹克和配套短裙，但这丝毫没有让她容光焕发，就连她光滑的浅褐色皮肤在阳光照耀下也显得暗淡无光。

即便如此，凯拉依然年轻貌美，只是她不像有的女人会利用自己的天生丽质来讨得好处。她希望通过才能而非外表来获得认可。她永远不会承认，她迷人的外表有时会为她打开方便之门，虽然这确实有过。她开车离开时，杰森微笑着和她挥手告别。

那天早上，无论餐前、餐中，还是餐后，他们都没有再讨论照片的事。他不想再提及这个话题，以免引起不快。他认为凯拉还无法谈论拉尔夫的事，也就更无法接受这个可怕的新情况。

凯拉遇到杰森之前，拉尔夫·格兰杰是她的未婚夫。如果那个男人没有英年早逝，他们应该已经结婚甚至生子了。

在离拉尔夫的26岁生日还有几周时，两人一起攀登内华达州和亚利桑那州交界的落基山脉。但在宿营的帐篷里，拉尔夫心脏骤停，凯拉感觉天都塌下来了。

拉尔夫的死看似不可思议，但后来的尸检显示，他天生有肺动脉瓣缺陷。在短暂的一生中，他其实一直带着一颗定时炸弹，但之前没有一个医生诊断出这个问题。如果及早发现，他是不会死去的。医生本可以通过心脏手术更换他有缺陷的瓣膜，这种手术不会危及生命，而且并发症的风险很小，99%的病人术后八天就可以出院了，拉尔夫完全可以是其中之一。不幸的是，先天性缺陷通常在常规体检中不会被发现。

从那以后，死亡的阴影就像恶魔一直笼罩着凯拉，她似乎无从应对。通常，若亲朋去世，比如最近克里斯舅舅去世，她会持续数周陷入严重的抑郁。

凯拉从不提及拉尔夫心肌梗死的事，尽管杰森曾鼓舞她说出来。有一次，她无意中透露了一点，说拉尔夫的死有点怪异。杰森至今不清楚她到底是什么意思，但显然拉尔夫在事故发生前不久就预言了自己的死亡。杰森希望知道更多的细节，尤其是现在。

在去坦纳普雷斯顿公司的路上，杰森尽量想些别的事情，但脑子不听使唤。在众多困扰他的问题中，最重要的是照片中的墓地到底在哪里。乍一看，这和美国其他无数的墓地别无二致，可能在加州，也可能在缅因州。胡乱猜测没用，网络搜索也没有结果，而且他昨天和卢在电话中简短交谈过——到目前为止一无所获。

他沿着太平洋海岸高速公路前行，满脑子都是问题，却没有答案。公路一边是蔚蓝色的浩瀚大海，另一边是马里布宜人的绿色山丘，但他无心欣赏，眼睛盯着前方，机械地在高峰时段的车流中行驶。

他的思绪又回到了那个反复出现的噩梦上。和以前一样，他想不起过去曾发生什么事情能解释他的恐火症。这只是他天性的一部分，就像有人有恐高症，有人有空间恐惧症。在他的记忆中，梦中最害怕的景象是：被熊熊烈火困住，无法逃脱，只能等待不可避免的剧痛和可怕的死亡。他的脊背不禁掠过一阵冰冷的寒战，他深吸了一口气，把车停在杂草丛生的路肩上，又迫使自己深深地吸气，慢慢地呼气，反复做了好几次。

车辆从他身边疾驰而过。远处，美丽的圣莫尼卡海滩正向他招手。他看到了许多海滩阁，还有十几岁的孩子们在玩轮滑，有些更喜欢冒险的人正在清凉的海水中游泳。抬眼望去，碧空如洗，万里无云，阳光明媚，又是典型的南加州的美好天气。

但是他感觉不好，一点也不好。

很久以前发生的事情又浮现在他的眼前。

他在林间拐来拐去地奔跑，全然不顾皮肤被树枝剐破。火把！火把仿佛可怕的野兽瞪着燃烧的眼睛追赶着他。到处都是焦土的臭味。他跳过一棵倒下的大树，勉强躲到一根粗树枝下面。

他大口喘着气，跑不动了。绝望之下，他跳过布满荆棘的灌木丛，落在坚硬的地面上。他跪下来，蜷伏在那儿，尽量缩小身躯。燃烧的木棍逐渐逼近，然后在他身边浮动。烟雾刺痛了他的喉咙，酷热让他备受煎熬，火的刺鼻气味又让他晕眩。

突然他听到了声音。火把后面是尖锐兴奋的呼喊。

“他在那儿！在那儿！杰森……”

他收拢肩膀，双手抱头，尽量使自己变得更小，希望不被他们发现。但已经太迟了，火把在他四周围成一圈。借着火光，他可以分辨出那些男孩的脸，维克托·普林格尔、特里·博克萨尔，后面的是加文、戴维和彼得。维克托邪恶地咧嘴一笑。

把火拿开，他想高声叫喊，但喉咙只发出轻微的沙沙声。他甚至没有注意到眼泪顺着脸颊流下来。

加文和彼得把他拽起来拖着走。他现在是他们的囚犯。他们要把他带到营地，猎人们已经抓住了猎物。

那天晚上，维克托一伙人无休止地捉弄他，并嘲笑他被发现时哭得像个婴儿。最后，杰森第一个爬进了帐篷。

夏令营可能是一场噩梦，但真正的噩梦还在后面。他睡着后，进入了另一个黑暗的地方，那里有另一堆火。

火爪飞舞，向他逼近。他猛地醒来，再难入睡，也不想再睡了。帐篷里，他的对面，维克托和其他人都在酣睡。他们不知道他的恐惧，夏令营的辅导员也不知道。

几天后，他回到康奈尔的家中，父亲也不知道他的恐惧。杰森看着父亲的眼睛，看到了他的无可奈何。对杰森来说，即使和同学们一起参加假日野营也绝非易事，就是黑暗中捉迷藏这样简单的游戏也会使他惊恐不已。

但这与黑暗无关，是那些燃烧的火把。

如果他们没有挥舞火把，或许一切都会好起来。

母亲一直劝父亲对儿子不要管得太严。母亲一直在保护他，在她眼里，杰森是不会做错事的。

这很有帮助。他从营地回来后，不再被噩梦纠缠。这并不是说他已经完全摆脱了噩梦，小杰森知道那纯粹是奢望，但至少他可以暂时安稳地睡觉了。

第十二章　列出名单

7月20日，星期一上午，杰森花了几个小时改进汤米·琼斯的推广方案，但他的心思并不在工作上。他本来就不喜欢这位汽车大王，现在，他比13年前看着自己的红色普利茅斯被拖到废弃车辆堆放场时更憎恨琼斯。

他征求老板布莱恩对方案的意见，布莱恩承认有其优势，但也指出存在不足。

11点，杰森召集芭芭拉、卡萝尔、唐纳德和安东尼召开小组会议讨论布莱恩的意见。卡萝尔的发言颇有新意，芭芭拉则为各处的小修改提出了一些合理建议，但谁都没有提出实质性的修改建议。

中午，布莱恩邀请杰森和电子巨头考夫曼的公关代表德里克·埃克尔斯共进午餐。布莱恩称此种外出为“公关午餐”。他喜欢时不时地邀请优质客户共进午餐或晚餐，并相信这是留住客户最有效的方法。午餐后，杰森打了几个电话，还写了几封电子邮件，以保持当前的几个项目正常运行。当天最大的问题是，一本宣传“日落乐园”的小册子的文案未被通过，“日落乐园”是一家建造海滩阁的小型连锁商。首先，他不得不接听怒气冲冲的客户打来的电话，然后和负责文案的安东尼共同处理此事。杰森认识很多文案撰稿人，知道他们的脾气。如果自己的作品被随随便便地否定，他们一定会勃然大怒，但安东尼不会，他通常只是耸耸肩，淡然地哼一声，回去从头再来。

然后杰森给凯拉打电话，问她怎么样，其实他只是想听听她的声音。他们闲聊了几句，不过没有谈及那个加重感情创伤的问题。

他放下电话时，已经快3点50分了。今天每一件需要关注的事情都已安排妥当，他现在有时间考虑事故、照片以及可能是谁寄送的问题了。毫无疑问，这个人认识他。如此说来，会有种种可能性，但这个世界上究竟谁会想要杀他呢？或者只是愚蠢地用恐怖信息吓唬他？

还有其他事情让他迷惑不解。如果他已经死于8月18日，为什么现在才收到那些照片？

为什么不是两年前？或是五年前？

也许因为那时我还没有死。

用过去时来思考自己的死亡让人感觉有些诡异，就好像这确已发生。但他还活着。

这是不是意味着他必须假设有人计划在8月18日杀死他，或者已经发生了？

他需要答案，但如何才能找到答案呢？杰森决定出去走走，在重新考虑此事之前先厘清思绪。他离开罗斯福大厦，沿着威尔希尔大道漫步，再次回顾整个事件。

照片说明了一切。如果按照字面理解，他只能解释这是讣告。寄件人在跟他说话，写的是关于他的事，仿佛他已经死了，只是一具尸体。因此，这个人应该对他恨之入骨，想置他于死地。

谁会如此憎恨他呢？杰森停下脚步，十指交叉，放在脑后。是时候列列名单了，他想。如果列出名单，会是怎样？谁是他的敌人？他绞尽脑汁，却想不起什么名字或面孔。得了吧，杰森，他斥责自己，你不会真相信所有人都是你朋友吧。这当然是一种幻觉，每个人都有敌人。

那是谁呢？叫什么？

突然，他受到了启发，好像脑子里某个地方的污水盖被撬开了。好吧，好吧，他这一生一路走来肯定树敌不少。他不能把这一切都归咎于他对火的恐惧，当然这确实让他失去了几个朋友，也让他与谢里琳·钱伯斯分手。但是他以前犯过很多错误，严重的错误。他不是天使。一旦他敞开心扉回忆往事，他的那些错误决定和软弱时刻就浮出了水面。

他首先想到至今或许仍对他有意见的是特蕾西和卡拉。

他的心突然一沉。他打开了潘多拉的魔盒，里面装着他最糟糕的记忆，这几乎就像他主动把手伸进了马蜂窝。

他好多年没和特蕾西说话了，最后一次是她朝他尖叫着说“男人没有一个是好东西”，而正是他这个无赖让她懂得了这一点。如果给她打电话会怎么样？他会对她说什么？

嘿，特蕾西！我很想知道你还坚持每天喝一瓶酒吗？或者这对你不再合适了？顺便问一下，前几天你开车往返于酒类专卖店时有没有碰巧路过一个邮筒？也许你还拿着马尼拉信封？

不行，那绝对是个馊主意。

特蕾西是杰森在加州州立大学北岭分校交往了18个月的女友。现在，他的脑海中开始回放两人在一起的点点滴滴。她一头金发，身材苗条，聪明活泼，甚是迷人。整个世界似乎都在她的掌控之中，所有迹象也都表明她将事业有成，但酗酒搅乱了一切。是什么让好人明明睁大眼睛还能走进这样的陷阱？起初他并没有注意到她是个酒鬼——是的，她在聚会上喝得很多，但其他人也都如此。当廉价的石灰石溪波旁威士忌和劣质的俄罗斯伏特加开始出现在她触手可及的柜台上，她几乎每晚都会喝得烂醉。在她难得清醒的时候，他试图劝说她，但是没用。最后，他建议她加入嗜酒者互诫协会，这无疑是在向一头公牛挥舞红旗。不久，因为关系实难维系，两人只好分手。

再见，特蕾西·迪弗雷纳。

他列出的下一个人名是卡拉·罗森布拉特，那是他在为第一家雇主——DRW广告公司工作时认识的。杰森在那里当了14个月的流程控制经理。一天布莱恩·安德森请他吃晚饭。DRW公司和坦纳普雷斯顿公司合作过许多项目，杰森给布莱恩留下了深刻印象。他们一起品尝着精心烤制的软嫩肋眼牛排，布莱恩提出可以为杰森在坦纳普雷斯顿公司提供一份工作，薪水比他在DRW公司要高很多。尽管他对目前的工作很满意，但丰厚的薪酬还是让他动心了。

卡拉是DRW公司的艺术总监助理，比杰森更有野心。在他去坦纳普雷斯顿公司之前，他们曾就是否要孩子的事争吵过几次。通常都是她提起这个话题，强调她想鱼与熊掌兼得，既要孩子，也要事业，不过暗示自己无意减少工作时间，对她来说，工作比做母亲更重要。杰森建议推迟几年再做决定，她对此甚是不满。我不想某天一觉醒来发现自己35岁了，而这不再是你想要的生活。

然后他去了坦纳普雷斯顿公司。DRW公司老板沃尔特·墨菲曾发誓说杰森的跳槽不会给卡拉带来影响，但杰森离开不久，卡拉就被忽视了，失去了梦寐以求的晋升为艺术总监的机会。不仅如此，DRW公司还减少了她参与重要项目的机会。不知从什么时候起，她被明确告知，如果她想在事业上更上一层楼，最好还是另谋高就。

卡拉当然责怪杰森。他在坦纳普雷斯顿公司飞黄腾达，而她却在DRW公司岌岌可危。难道他就不能在新老板那里为她找找关系吗？

他不能，也不想这么做。他受够了她的抱怨和唠叨。然而，不可否认，他自己的晋升是以牺牲她为代价的，而一想到此他就心生不安。

随后是一场令人不快的分手。和特蕾西分手时，过程相对短暂，他很快就放手前行，但他和卡拉过了好几个月才最终分道扬镳。

她后来干得不错。杰森一直和他在DRW公司时的同事史蒂夫保持着联系，史蒂夫告诉他，去年春天卡拉生了一个健康的女儿。当然，杰森没有收到邀请函。史蒂夫还说，孩子的父亲是一个百依百顺的家庭主男，而卡拉找到了一份要求很高的新工作。

杰森叹了口气，不知道名单上谁会是下一个敌人。他想起了乔丹·阿文斯。他刚到坦纳普雷斯顿公司时，是乔丹教他熟悉各种门道，但六个月后，乔丹因盗窃公司物品而被解雇。不是因为偷钱，也不是什么重要的东西，而是这里偷支钢笔，那里偷把裁纸刀或打印耗材。一天晚上，也许是为了安抚良心，乔丹向杰森吐露自己是个偷窃狂，他的偷窃与其说是小偷小摸，不如说是一种强迫症。乔丹身高5英尺2英寸，缺乏自信，恳求杰森不要告诉布莱恩。他说自己没有朋友，也没有其他人可以诉说。杰森对公司里的偷窃事件一连几周都秘而不宣，而且为了让乔丹更安心，他还告诉对方自己对火有种莫名的恐惧。

但公司物品接二连三地失窃，杰森觉得有必要告诉老板。布莱恩狠狠批评了乔丹，在杰森的请求下，他给了乔丹最后一次改过自新的机会。但还是老样子，没过48小时，一个昂贵的计算器不见了。当布莱恩拿着赃物和乔丹对质，乔丹坚决要求在他被正式解雇时杰森必须在场。在乔丹离职面谈时，这个可怜的人不停地用眼睛恳求杰森。*杰森，我的朋友，我是无法自控，求求你，请让布莱恩明白这一点。*但杰森无能为力，乔丹有过机会的，是他自己搞砸了。当杰森最后一次看着乔丹走出公司大门时，他知道又多了一个对他心怀怨恨的敌人。

杰森摇了摇头，转过身来，发现一双黑眼睛正盯着自己。这是个瘦削的男孩，不知什么时候就站在离他不到6英尺的地方。

就在这时，通向过去的另一扇大门打开了。道格·沙茨！道格和这个瘦削的男孩一样细长，一样阴沉着脸。

张嘴！让我们看看你的笑容，你的牙齿！

如果能看到那颗豁牙，杰森就能确信是道格又一次站在了他的面前，而他们最后一次见面则是15年前了。

一片乌云似乎遮住了太阳，男孩被笼罩在阴影中。

他确实笑了，但没有张开嘴，然后他转身跑开了，一句话也没有说。

杰森看着他离开，突然感到胃里一阵绞痛。这孩子长得太像道格，会不会是——

他没再继续猜想，当然不可能是道格。男孩大约16岁，道格现在早已过了这个年龄。更有可能的是，男孩本来打算偷他的东西或者抢劫，而杰森恰好在这个时候转过身来。

威尔希尔大道上总是熙熙攘攘，车流不息。当男孩消失在一座建筑物的拐角处时，杰森感到阳光照得他的后颈有些刺痛，但他的思绪还牢牢地集中在道格身上。

迪克·舍维洛负责照顾道格有一段时间了。

迪克沉着冷静，性格温和，在加州州立大学北岭分校上学时就决定要从事医疗保健行业的工作。在迪克的朋友马克·霍尔的帮助下，道格·沙茨成了迪克的第一个“病人”。道格是个极具天赋的年轻人，但他有心理障碍，不善交际，喜怒无常，有时甚至会有强烈的暴力倾向。他难以控制自己的脾气，要是哪里发生了什么争吵，一般他定会参与其中。

马克·霍尔和迪克竭力帮助他处事冷静，要有条理，甚至杰森也主动帮忙。但后来杰森对自己的这个决定深感懊悔，部分原因是为了帮助道格，他向这个瘦削的年轻人吐露了令自己不安的一些秘密，包括恐火症。

几周后，一间女生的更衣室发生了一场小火灾。不过没什么大不了的，只是一些女孩受到惊吓，还有些损失，没有人员受伤。但后来，有人说这是故意纵火，而恐火的杰森被认为是纵火犯。校长把他叫去，问是不是他点的火。杰森又惊又恼，极力否认这一指控。校长没有追究他的责任，但对他有所怀疑。真正的纵火犯一直没被抓住，但每次看到道格·沙茨阴沉的深褐色眼睛，还有他咧嘴笑时露出的豁牙，杰森就能猜到是谁诬陷了自己。

一年后，学校的一名女生被强奸，引发了更多的问题。玛丽亚，一个有着让人很难记住的长长的西班牙姓氏的女生，声称她不知道施暴者是谁。然而，杰森有一种强烈的预感，知道那是谁干的。他赢得了玛丽亚的信任，和她见过几次面后，玛丽亚承认是道格强奸了她，但是她怕他。他曾威胁说，要是她胆敢告诉任何人，就杀了她。杰森努力说服玛丽亚告发了道格，于是道格被捕。他供认不讳。那是他们最后一次在加州州立大学见到他。

道格·沙茨的入狱确实与杰森有关。从那以后，道格还在其他监狱被关押过，卢·布里格斯曾为杰森证实了这一点。杰森认识的人中他认为有可能会杀人的没有几个，而道格就在其中。

道格可能和这些照片有关吗？

特蕾西、卡拉、乔丹、道格。所以，是的，有理由伤害他的人比他当初想象的要多。这四个人都知道他对火的恐惧。

尽管如此，他还是无法想象其中有人会给他寄那些照片。

又回到了原点，杰森沉思着。如何解开这个谜团，他仍然没有头绪。

他心情沮丧地走回罗斯福大厦。乘电梯上楼时，他的思绪瞬间将道格·沙茨的疯狂与另一种疯狂联系起来。那要回到更早些时候了。

诺姆·莫兰。

第十三章　诺姆

诺姆是杰森在少年棒球联合会的队友罗宾的哥哥。大家都认为罗宾·莫兰是队里最好的球手，杰森紧随其后是第二名。他们一个打第三棒，一个打第四棒，是红袜棒球队的主力军。

罗宾突然退出了球队。起初，教练和队友都非常吃惊，后来有消息说罗宾的哥哥诺姆病得很重，陷入昏迷，被紧急送进了医院。后来，诺姆的身体虽痊愈，但大脑却因疾病严重损伤。杰森开始并不相信，直到他陪罗宾去了诺姆住的精神病病房。诺姆告诉他们，一个能穿墙而入的幽灵一直跟着他，那个幽灵一袭黑衣，无论他逃到哪里，幽灵总如影随形。诺姆称幽灵为黑骑士，并对此有一大套理论。事实上，他确信黑衣人是《圣经·启示录》中的四骑士之一，即四大害（战争、饥荒、瘟疫、死亡）之一。杰森从来不明白诺姆认为折磨他的力量是四大害中的哪一种，但这有何关系？诺姆能看见他、听到他，甚至受他的命令自我摧残，曾割腕、上吊，甚至将手指插入插座。黑骑士还向诺姆耳语谁是他的敌人，谁是他的朋友，这可能解释了为什么他会对有些人极具攻击性。诺姆对幽灵唯命是从，精神科医生对此却不以为然，说这种行为是精神分裂症的自然结果。如果说有什么不同的话，那就是诺姆能在一次又一次的自残中幸存下来，简直是个奇迹。诺姆·莫兰的病情慢慢恶化。杰森最后一次见到诺姆是在多年以前了，当时他还在精神病医院，接受大量药物治疗以控制病情。

有一次，杰森和罗宾去医院看他，诺姆突然从椅子上跳起来，目不转睛地盯着杰森，眼中闪着疯狂的光芒，手指颤抖着指着杰森尖叫道："你在哪里？你不在这里！"

杰森从来没有多想当时诺姆突然大喊是什么意思，但现在，20年之后，他一下子想到了。

你不在这里。

当时，他把这些话当作一个精神失常的年轻人的胡言乱语，并未在意。

直到现在，他才意识到，诺姆也许在用一种方式试图告诉他一些重要的事情。

你不在这里。

你不存在。

简短的两句话，实际上意思相同。杰森突然想起了此事，仿佛一切就发生在昨天。记忆中，诺姆一直盯着他，似乎能看穿他的灵魂。

杰森走出电梯，打量着开放式综合办公区。每个人都在全神贯注地工作，只有安东尼向后仰着，双手扣在脑后，凝视着前方。

他走进办公室，坐了下来。是否罗宾的哥哥在杰森身上看到了常人看不到的东西？只有一个办法可以得到答案。他必须尝试联系上诺姆。从哪里能找到诺姆的地址呢？他不知道诺姆是否还活着。他打开电子邮件软件。多年来，他一直很仔细地更新通讯录，无论是纸质版还是电子版，无论是家里的还是工作中的。几秒钟后，他就找到了罗宾·莫兰及其父母的电话号码，但没有找到诺姆的。他不记得是什么促使自己删除了诺姆的号码，也许是他刚刚想起的那件令他不快的事。

大学毕业后，他和罗宾失去了联系。其实人们大学毕业后经常如此。是有些可悲，毕竟他们过去一直关系不错，但这就是生活。

他试着打了罗宾的电话号码，发现已是空号，随即又打罗宾父母的号码。欣慰的是罗宾的母亲珍妮接了电话。接到杰森的电话，珍妮甚是惊喜。不，她没有忘记他，他刚才在乱想什么呢？她告诉杰森她丈夫道格拉斯几年前去世了，但罗宾干得不错，两年前娶了一个叫玛吉的女孩，红色头发，做儿童保育工作。他们现在住在圣地亚哥，罗宾在太阳信托银行工作。

杰森询问诺姆怎么样，珍妮说他还好。20世纪90年代末，他被转移到阿纳海姆市的一家医疗机构。他能够自理——不可否认，是需要一些帮助，但总的来说，比预期的要好。

珍妮问杰森的情况，他给她讲了些自己的生活，说各方面都很好。如果她前一阵子问，他这么回答确实是坦诚的。

珍妮听起来好像一点也没变。除非他请求挂断，否则他们会聊上一个小时。但15分钟后，她出乎意料地问他是不是要罗宾的电话号码。

我宁愿要诺姆的，他想，但这样他必须说出为什么要和她的大儿子说话。此外，先给他的老朋友打个电话也无妨。她给了他罗宾的公司电话号码，还有他家里的电话号码。他谢过珍妮，挂断电话，拨打了罗宾办公室的电话号码。

门开了一条缝，卡萝尔和安东尼从一侧瞥见他在打电话，就挥了挥手表示再见。他看了一眼手表，5点45分，希望罗宾还没下班。

“我是莫兰。”电话那头传来低沉的声音，与他曾经认识的那个青春期前的男孩嘶哑尖细的声音不同，但杰森还是能听辨出来。

“罗宾！我是杰森·埃文斯。”

一阵沉默。杰森等了一会儿。

“罗宾，好久不见，还记得我吗？”

又是一阵沉默。

“杰森？真的是你吗？”话筒里终于传来罗宾犹疑的声音。

“千真万确，除了老了一些，还是老样子。出乎意料吧？”

“绝对出乎意料。你好吗？”

“还好，我刚刚和你母亲通过电话，她给了我你的号码。”

“哦，我何以有此荣幸？”

“我马上就会讲到。老兄，很高兴又听到你的声音，我还记得在红袜棒球队的日子。”

“我们是最棒的，”罗宾笑道，“这么多年之后能再次和你交谈真是让人难以置信。你还经常运动吗?”

“没有，我抽不出时间。”

“同感,”罗宾说,“我一直想重新开始，参加垒球联赛之类的，但也是一拖再拖。不过，我确实该运动了，现在都有啤酒肚了。”

“啤酒肚？你?”想到此，杰森笑了起来,“你当时可是咱们当中最瘦的。”

“现在可不是了。你呢?”

“我也不能再说自己身材修长了，真是岁月不饶人啊。”

他们沉浸在共同的回忆中，仿佛最后一次谈话就发生在一周前。两人讲述了各自的生活。半小时过去了，罗宾问杰森，这么多年了，怎么突然想起打电话。

“罗宾，我想和诺姆谈谈。你能告诉我他的地址吗?”

“诺姆?”罗宾重复道。杰森从声音里能听出对方有些迷惑不解。

“珍妮告诉我他现在独自生活。”杰森说。

“是的，不过还需要些帮助,”罗宾说,“他一个人还不行。你为什么要和他谈话？想从他那里得到什么?”

“听着，我……”杰森停顿了一下,“说实话，我需要诺姆的帮助。”

“帮助？诺姆的帮助？为什么?”

“这很难解释,”杰森说,“故事有些复杂。这是因为……他以前说过一些很有趣的事情，不是吗?”

“诺姆总是说一些有趣的事情,”罗宾回应道，迟疑了一下,“不过他说的也不全是胡言乱语。”

杰森皱了皱眉头，“你这话是什么意思？”

罗宾咳嗽了一声，“呃，他所在的那家医疗机构的工作人员告诉我，有时他说的话结果被证实是真的。他对人有种不可思议的感觉。我自己也体会到了。一个精神病医生就因他被开除了，因为那个混蛋忍不住触摸病人，年轻病人，如果你明白我的意思。无论是男孩还是女孩，这都无关紧要。无人知道此事，除了诺姆，当然没有人告诉过他——病人都太害怕，不敢对任何人说——但诺姆还是知道。不可思议。”

“的确如此。”杰森附和道。

“卡丽娜，照顾他的一位护士，最近因亲人去世而非常悲伤。诺姆告诉她，她所爱的亲人仍然和她在一起。他说死者就在房间里和卡丽娜说话，然后又告诉她死者说了什么，一些诺姆绝对不可能知道的私事。这把卡丽娜吓得半死，但她承认他说的一切都是真的。”

杰森沉默了一会儿，“这么说来他具有某种超能力？”

“听了这些，你肯定会这么想的。他告诉过我好几次，说我会‘带着红色离开’。玛吉的头发确实很红，我也确实带着她离开了老家，搬到圣地亚哥。所以……不管你怎么想，我觉得你错不了。”

杰森清了清嗓子，“我们小时候，诺姆说了一些让我非常震惊的话。我刚刚想起来，我需要进一步了解。罗宾，我知道这听起来很奇怪，但这对我至关重要，尤其是在你刚刚说过这些之后。”

“怎么回事？”

“不像这样——我是说在电话里就能说清楚的。此事是关于个人的，太过复杂。我希望最近找时间和你聚聚，就像以前那样。我们真该聚聚，越快越好。”

“这就是你要告诉我的？”

“我们尽快聚聚，喝两杯，到时候我会告诉你一切。”杰森保证。

罗宾大声叹了口气，显然很失望。

“现在我只能和你说一件事，”杰森说，努力让罗宾相信情况紧急，“我被骚扰了。不是诺姆，不用担心，但是我想他也许能帮助我。”

“搞得神秘兮兮的，杰森，你让我好奇，又让我有点为你担心。”

一阵短暂的沉默。

“好吧，我相信你，”罗宾最终开口道，“你想怎么办？给诺姆打电话？”

“事实上，我宁愿去看他。他现在住在阿纳海姆，是吧？开车过去最多一个小时。”

“好吧，杰森，但你和他接触时要小心，”罗宾警告说，“如果他觉得受到威胁或者不舒服，他会三缄其口。这往往是他的病情又发作了，另一段糟糕时期的开始。”罗宾又停顿了一下，“这样吧，我先给他打个电话。”

“谢谢，老友。”

罗宾10分钟后打回电话，说和诺姆谈过了，他还记得杰森，可以去看他。罗宾给了诺姆的地址和去那里的路线，通话以两人保证尽快聚聚而结束。

杰森站起来，伸了个懒腰。变被动为主动，不再只是等待发生更糟糕的情况，这种感觉很好。他又打电话给凯拉，说因开会，要晚回家，而且他必须得赶紧去了。凯拉还来不及问是什么会议他就挂断了电话。这是撒谎吗？是，也不是，完全取决于看待的角度了。他想起了她说的话：答应我，你再也不会对我保守秘密了。他已经食言了。

一小时后，他与诺姆·莫兰见面了。在杰森的记忆中，诺姆是个超人：肌肉发达，体格健壮，性格刚毅。那时杰森只有诺姆一半的个头，而现在这个男人坐在摇摇晃晃的桌子旁，像是萎缩了，与从前判若两人。简陋的房间里除了两把椅子和一张简单的床之外，只有这张桌子。从前他满头浓密的黑发，而现在他的头皮也似枯萎，稀疏的几缕花白头发从耳边垂下。他皮肤蜡黄，皱皱巴巴的，一副病态；整个人身体浮肿，已变了形。他至少胖了50磅。

难道他头脑中的那个黑骑士让他变化如此之大？

“诺姆·莫兰？”杰森问道，好像是与一个陌生人初次相见。

那人笑了笑。当他的嘴角微微上扬弯曲，杰森似乎看到了过去诺姆的影子，他过去就是这样微笑。也许他的身体就像是不合身的超大号外套，但这绝对就是他。

“是的。”他承认道。

杰森拉过另一把椅子坐下来。

“诺姆，我是杰森·埃文斯。还记得我吗？”

诺姆点点头。

“你还好吧？”

诺姆耸了耸肩，“我想还好吧。”

“很高兴听你这么说，诺姆。”杰森一边整理思绪，一边环顾房间，最后目光又回到诺姆身上，“罗宾告诉我你一直不错。”

“是的，”诺姆说，“我不错，很不错，谢谢你。”

杰森努力回想：很久以前，这个男人在某种极度疯狂的痛苦中，大声喊叫着说他不在那里。

还有他的眼睛——他的目光能将我穿透，这再糟糕不过了。

诺姆的眼睛看起来毫无生气。他让人觉得可怜，仅此而已。杰森决定不拐弯抹角，工作人员限制他只能和诺姆谈半个小时。

“诺姆，你还记得我以前常来看你吗？我小时候？”

他笑了笑，把手举到胸前，表明那时候他可矮多了。杰森没有抱太大期望，因为他怀疑诺姆的记忆充其量也就是一星半点，时好时坏。也许来这里并不是好主意，但既然来了，他就决心尽力而为。

“当你还小的时候。”诺姆说。

“当我还小的时候。”杰森附和道。

“当你还小的时候……”

杰森等着诺姆继续说下去。他似乎看见诺姆的眼里燃起了一团小小的火焰。

诺姆咯咯笑起来，“我记得。我善记人脸，你的脸变了，但我记得你。”

“很好，诺姆。我过去有时去看你，记得吗？还有罗宾和你妈妈。”

“是的，你来过。”

“我喜欢见你，喜欢和你聊天……”

诺姆点点头。

“不过你知道吗，”杰森继续说，“我一直在想一件事。”

杰森觉得自己在和孩子说话——也许，他的确是在和一个孩子说话。他深吸一口气，“有一天我去看你，你说了些奇怪的话。”

他试图吸引诺姆的目光，但诺姆一直盯着桌子。

“你说……我当时不在那儿，”杰森说，“你问我在哪儿。那天我和你在一起。我们就像现在这样面对面，但你还是说我不在，好像我是隐形的。你还记得吗？”

他以为诺姆会说不记得了。接下来呢？他不知道下一步该做什么。

但令杰森惊讶的是，诺姆回答：“记得，你在玩捉迷藏。你总是玩捉迷藏，为什么？”

“我在玩捉迷藏？”杰森眨了眨眼睛，向前探过身子，“诺姆，你什么意思，我在玩捉迷藏？”

“我过去非常喜欢。我现在很好了。”

“诺姆！”杰森敦促道，“你听到我说话了吗？”

“我喜欢这里。我有一只宠物，你知道吗？我有一只猫，它的名字叫乔希，应该就在附近的某个地方。”

“诺姆……”

“它是只黑猫，带白色斑点。你想见见它吗？我去叫它，然后……”

“你说我在玩捉迷藏是什么意思？”

“它是只很漂亮的猫，非常可爱。”诺姆继续欢快地说道，对杰森的询问置若罔闻。

“听我说，该死！”杰森喊道。

效果真是立竿见影。诺姆的眼睛变得模糊起来，眼中的火光也摇曳着熄灭了，脸上似乎蒙上了一层阴影。这情形正是罗宾警告过他的。

“诺姆，对不起，我刚才对你大喊大叫了。请告诉我，你那句话是什么意思？”

诺姆转过身去，盯着墙。

“诺姆，求求你，我很抱歉。”

没有反应。杰森站起来，一只手放到诺姆的肩上，“老兄，让你生气了，我真的很抱歉。”

诺姆退缩了一下，依旧不语。

“你不会再跟我说话了，是吗？”

诺姆只是坐在那里，瞪着眼，一副茫然的样子。

“都怪我这张乱说的臭嘴，”杰森咕哝着，“我自食其果。”

诺姆一动不动地盯着墙壁。

“好吧，”杰森叹了口气，“如果你不愿说话，我想我该走了。诺姆，我再次向你道歉。”

他走到门口，打开门，回头看了看坐在椅子上的诺姆，“我会再来的，诺姆，这次我不会再等15年了。”

杰森走出房间，正要关上身后的门时，听到了什么声响，听起来像是指甲用力刮过黑板。他僵立在那里。又一阵声响，他不禁打了个寒战。

他脑中闪过一个令人不寒而栗的想法：黑骑士，一个穿过墙壁的幽灵。

但诺姆在他身后，静静地坐在椅子上，所以发出抓挠声的不是他。

他的脑中又闪过一个更加黑暗的想法。

瘟疫就是死亡。我的死亡。

慢慢地，非常缓慢地，他转过身来。

他直直地盯着诺姆的脸，那张脸也转向了他。

突然，诺姆像是恢复了正常，不再迷茫。区别就在于他的眼睛，现在他的眼睛清澈，有了活力。在那几分钟里，杰森看到了与精神分裂症抗争之前的诺姆。

诺姆平静而清晰地问他："火里是什么东西？"

杰森惊呆了，"火？"

诺姆点点头，又转过头去，默默地盯着墙壁。

"诺姆，什么火？我不明白……"

但诺姆似乎陷入了个人思想的泥潭中。

"诺姆？"

诺姆如同雕像一般坐在那里，似乎沉迷于那面墙壁。

杰森又喊了一声，但没有用。诺姆没有动，也没有说什么。抓挠声已经停止，死一般的寂静。杰森离开房间，轻轻关上身后的门。

他来到租来的乐骋车旁，坐进驾驶室。这次奇怪的谈话使他头昏脑涨。

你不在这里。你在玩捉迷藏。火里是什么东西？

他完全不知道这是什么意思——或者这到底意味着什么。

也许这只是一个疯子的胡言乱语。

“他在说什么？”尽管如此，杰森还是不禁自问。

他突然有了主意。

去问马克·霍尔。

就是这个主意。作为一名心理治疗师，马克是深入研究杰森内心的最佳人选，可能会发现……

多年来，马克一再提出帮助杰森接受治疗，共同解决他恐火症的问题，但杰森总是不失友好地谢绝了。

现在是时候了吗？也许躺在诊察台上，对他反复出现的噩梦和梦中不断吞噬他的火焰最终能有些新的认识。

杰森驱车离开，但开出几英里后停了下来。他抓起手机，查看联系人名单，找到了马克·霍尔的电话号码，并立即拨打，以免其他想法影响他的决策。马克的妻子劳拉接了电话，她和凯拉早已是好朋友，经常一起出去。杰森没有心情和她长谈，所以直接问她马克是否在家。很幸运马克在家。杰森听见劳拉喊马克，一会儿，他听到了熟悉的声音。

“杰森！”

“马克，很高兴你在家。”

“我也很高兴听你这么说。有什么事？”

这是马克的特点，总是开门见山。

“我需要你的帮助。”

“作为朋友还是治疗师？”

“兼而有之。”

片刻的沉默。

“你知道我做噩梦。”杰森继续说。

“是的。”马克回应。

马克当然知道。作为专业人士，他甚至比凯拉更了解杰森的噩梦，也很想提供帮助，但杰森一直拒绝接受治疗。很长一段时间里，杰森否认自己有问题，事实上，他不想成为自己朋友的病人。

杰森向马克讲述了宝丽来照片以及上面的信息，还有到目前为止他为发掘拍摄者身份所做的侦探工作，包括刚刚与诺姆·莫兰的会面。

“自从那次事故之后，我又开始做噩梦，”他说，“而这几年我一直睡得很香。”

他讲述时马克一直听着，没有插话。当他把所理解的事实讲完后，电话另一端的马克依旧沉默不语。

“天哪！”马克最终开口道。

“没错，我只是希望诺姆能帮助我。听着，马克，我想知道的是……这是怎么回事……就是他问我的问题。”

“说下去。”马克说。

“我不明白他说的‘火里是什么东西’是什么意思。也许和我的噩梦有关。梦中，我被火包围，孤立无援。我不知道这是不是一条线索，但分析一下这个梦也无妨。”

“好吧，我明白你的意思了，”马克说，“但是你确定你想和我一起做这件事吗？我们以前讨论过这个问题，你总是避而远之。”

“我确定，马克。我最不愿见陌生的心理医生。我需要你的帮助，而不是别人的。”杰森坚定地说。

“别担心，我会尽力帮你，”马克说，“先看一下各自的时间表，你什么时候合适？”

“你可能时间早排满了，你什么时候有空？”

“我会给你腾出时间的。我每天的最后一个病人通常在下午5点离开，这样我在回家前还有一两个小时整理资料，所以哪天5点以后都可以，不过你来之前先告诉我一声。”

杰森突然觉得自己真是身心俱疲。漫长的一天。这种情绪上如过山车般的急转突变开始产生影响。他揉了揉眼睛。

“明天如何？”

“说好了，明天下午5点见。”

杰森回到家时已是晚上10点半了，感觉这一天比三天还长。他一边在餐桌旁吃着加热的晚餐，一边告诉凯拉今天的事情。听说他去看了诺姆，她皱起眉头，但什么也没说，不过很高兴听到他和马克谈过了。

“马克是专家，认真务实，非常了解你，”她说，“而且你们也谈过多次了，很高兴你将要和他见面。”

她低下了头，再抬眼望向他时，眼里噙满了泪水，“你昨晚把我吓坏了。”

“对不起。”他说。

“我真的很害怕，”她说，“我唯一能确定的是，最后一张照片是三天前送来的，之后就没有了。我祈祷这是个好兆头。”

“我也很害怕，”他坦言道，“当然，我知道这一切唤起了你可怕的回忆。”

她点了点头，“是的，确实如此。”

他犹豫了一下，然后决定把开始的话题说完。

“凯拉……我想谈谈这个。”

“不要。”她立刻拒绝，从座位上站起来。

“帐篷里到底发生了什么事？”杰森问她。

“不要，”她恳求道，“请不要谈论这个。”

“他说他知道自己将死，是吗？是什么——”

“不！”她喊道，“我不想再谈那些神秘的东西。现在不要，永远都不要！”

神秘？他以前很少听她说这个词。

“凯拉，我们结婚了，”他试图劝说，“无论祸福，还记得婚礼上的誓词吗？为什么这个话题是禁忌？”

“你不是也向我隐瞒了一些事情吗！”

杰森没有回应。她说得没错。

“没什么好谈的。”她说。讨论到此结束。

她今天这样决绝的态度很罕见。

“我母亲也去世过早，”他继续说道，“她是比拉尔夫岁数大，但47岁还是太年轻。我就可以谈论她的事。”

“求求你，不要再说了，”她变得焦躁起来，“你没听见吗？”

他缓缓点了点头。拉尔夫的死比人们所看到的要复杂得多。他知道官方的医学解释，但也知道那并非全部。无论那天发生了什么，结果是凯拉无法面对死亡和葬礼。杰森希望知道她对他隐瞒了什么秘密，但今晚不是揭开秘密的时候。

杰森不再想拉尔夫的事。今晚，凯拉赞同他向马克寻求帮助的决定，并同意陪他去进行第一个阶段的治疗，这就足够了。

第十四章　烈火中

第二天下午5点，杰森准时来到马克的心理诊所门外，但凯拉因堵车，15分钟后才到达。两人一起走了进去。马克热情地上前打招呼，请他们坐下，又倒了三杯咖啡。杰森环顾了一下诊所，注意到比他上次来时墙上又多挂了几面旌旗。红木办公桌，后面是橄榄绿墙壁，墙上是各种证书和执照。马克尽心尽职，经营得不错，看起来非常有职业成就感。他时不时抱怨自己的发际线越来越后移，假装嫉妒杰森的满头黑发，但他抱怨的也就只有这一点。

马克放下咖啡杯，坐到他们对面。

“那好吧，我们谈谈。”他说。

一段时间的沉默，双方都在等待对方先开口。杰森往前探了探身子，“马克，我在电话里都告诉你了。正如我当时跟你说的，我觉得治疗中你最好是治疗师，而不是我的朋友。”

“别担心，我是治疗师，”马克用两根手指轻敲着自己的右膝盖，“但我希望身兼两职。”

杰森点了点头，“好吧。”

“让我看看照片，”马克说，“你带来了吧？”

杰森从公文包里取出三张照片，递给马克。马克认真研究起来。

“你尝试找到这个公墓，是吗？”

“是的，我还试着把修图的图层分开，但到目前为止，两方面都一无所获。”

“你可以报警的。”马克建议道，与凯拉和卢的建议如出一辙。

“现在还不是时候，可能我以后会报警，”杰森说，“但想想这名拍摄者还没有做出什么违法的事情——到现在还没有。他是给我寄了几张照片，上面有文字，毫无疑问，一些胡言乱语，但这还不能视为违法信息。他没有威胁要杀我。据他说，我已经死了，从8月18日起就死了。既然没有证据表明他对我们的车祸负有责任，我对他确实没有警方感兴趣的任何线索。可是，顺便说一下，今天那个叫吉列尔莫的警长打电话给我了，他仔细检查了我的别克车，我告诉过你，车还在修理中。他没有发现任何可疑情况，只能假设这是一起肇事逃逸事故。所以看来警察也帮不了我，我还不如自己继续调查。”

马克双手托着下巴，点点头。

“我来这里的目的是……”杰森欲言又止。

“是你反复出现的梦境，”马克接过他的话，“因为诺姆·莫兰的话。”

“这一切都归结于他的恐火症。”凯拉补充道，“对了，马克，这种病罕见吗？”

“不怎么罕见，”马克向她保证，“恐惧症有很多种，恐火是其中之一。虽然不像害怕蜘蛛、老鼠或恐高症、幽闭症那么常见，但我觉得也不能称之罕见。”

“这些恐惧从何而来？”她问道。

“你能想到的地方都会产生恐惧。例如，你害怕什么？”

“蜘蛛。”她几乎是脱口而出，“一想到狼蛛，我就会毛骨悚然。”

“知道了，那你为什么害怕它？”

“我怕这种可怕的东西会咬我！”

“确切而言，”马克说，“这和所有患有恐惧症的人一样，他们也担心所害怕的东西会伤害自己。”

“幽闭恐惧症呢？”杰森问道，“为什么有人在狭小的空间会感到恐慌？这有什么危险的？”

“不一定是狭小空间，”马克解释，“有人在电影院也可能会恐惧，这种恐惧常常可以追溯到童年某次不愉快的经历。广场恐惧症在某种程度上亦是如此，病人担心自己无法逃离所在的地方。这样的例子不胜枚举。人们心生恐惧总有原因。”

“那恐火症呢？”凯拉追问。

马克噘着嘴，站起来，若有所思地注视着杰森，“这没有什么两样。我怀疑你年轻时经历过一场可怕的火灾、浓烟，或者酷热。”

“我的噩梦……”杰森说。

“我敢拿墙上你看到的这些证书打赌，你的噩梦是由你的一些经历引起的。”马克重申。

杰森耸耸肩，“据我所知，我从未经历过火灾之类的创伤。你知道的，马克，还有凯拉和我父亲也清楚。我们以前又不是没讨论过这个话题，我可是经常考虑。相信我，据我所知，我的生活中没有什么能引起我恐火的。”

“先等等，别急于下结论。”马克说，“首先，你得让我相信，你的过去如你想象的那么完美无瑕。”

“好吧，”杰森叹了口气，“如果必须要这样做，那就这样吧。怎么开始？”

“有几种方法，”马克说，“但你知道……我不完全相信你患有恐惧症，至少不是这个词的一般含义。有恐惧症的人正常社交都比较困难。杰森，你刚才提到过幽闭恐惧症，我曾经有一个病人，症状非常严重，不敢乘电梯，不敢开车，去洗手间也从不关门，为了确保卧室的门还能打开，一晚上要下床四次。然而，他每天都得去上班，还不能告诉老板自己患有幽闭恐惧症，因为这可能会断送他的职业生涯。”

“太可怕了。”凯拉轻声说道。

“这个病人总是装出一副没事的样子。他凡事都有借口，说他宁愿爬楼梯而不愿乘电梯，因为爬楼梯更健康。他用同样的借口说自己宁愿骑自行车而不愿开车去上班。但他的焦虑越来越严重，最后他找到了我。这么多年来，他一直在装模作样，把自己搞得筋疲力尽。”

“然后呢？”凯拉问道，“他的治疗怎么样？”

“在我的建议下，我们做了催眠治疗，你知道我对此兴趣浓厚。我不相信药物治疗，对神经语言程序学也有怀疑。催眠疗法使病人进入一种睡眠状态或者说是放松状态，如果你愿意用这个词。这能帮助病人看到自己表层意识之下的东西。在治疗过程中，我们发现这名男子的父亲曾虐待他，母亲就常常把他锁在一个小壁橱里。他逐渐回忆起这些长久以来一直压抑着的记忆。你可以想象这对他来说是多么糟糕的经历。当这些记忆从大脑深处的某个角落重新出现，他哭了起来，先是情绪激动，然后又气愤不已，但至少他终于明白了自己恐惧的根源。在那之后，他比以前好多了。”

杰森没有说话。凯拉斜着眼看了他一下。

“就像我说的，我不确定你是否患有恐惧症，杰森，”马克沉思着，“通常，恐惧症患者会发现自己的焦虑越来越有破坏性。你没有这样，没错吧？自从和凯拉在一起，你几乎都没再提过。”

杰森点了点头，“我教会自己一些……姑且称之为‘游戏规则’吧。每天晚上我都要检查炉子是否关了，电器是否断电了。天气预报有雷暴时，我特别小心。诸如此类的事情。但我并不总是想着这些。你说得没错，以前情况更糟。过去几年我状况很好，因为凯拉。”

他把手放到妻子的膝盖上。

“在我看到那些照片之前，一切都很好。”他轻声说，“可是你认为我一定是压抑或者忘记了什么事情？”

“可能，这也是我们接下来要做的。”马克说，“我会给你催眠，进入梦境。我们将慢慢开始，看看能发现什么。不要期望马上成功，你可能会历经障碍，可能需要几个疗程才能克服，假设我们最终能够完全攻克障碍的话。这样的过程一旦开始，我们谁都无法控制。”

“好的，”杰森说，“我们什么时候开始？”

“你想什么时候就什么时候，可以改天开始，也可以现在开始。”

杰森斜眼看着凯拉，“我觉得等待毫无意义。”

“你确定？”

杰森点了点头。

“好的，那我建议你躺在诊察台上。”马克说。

“诊察台上？”杰森迟疑地问。

“这并不表明你就是个病人，起码不像我的其他病人，但你会发现躺着更容易放松——放松是这种疗法的关键。”

杰森苦笑着摇摇头，“我怎么也想不到有一天我会躺在心理医生的诊察台上。”

“世事难料啊。”马克反驳道，“再说一次，不要对第一个疗程抱太大希望，这只是开始。”

“明白。”杰森说。

“感觉舒服吗？”几分钟后，马克问道。

杰森点点头，“有点感觉了。”

马克注视着杰森的全身，“如果愿意的话，你可以松松腰带，这样更有助于放松。”

杰森承认，他的牛仔裤有点紧，所以松了松腰带。马克再次问他感觉如何时，他觉得很舒服。

“杰森，闭上眼睛。”

他闭上眼睛，但事实上他还没有完全放松。他可以想象马克和凯拉都在像看病人一样看着他。在他的脑海中，他就是一个病人，不管马克多么努力想让他打消这个疑虑。现在马克不是他的好朋友，而是他的心理医生。

“杰森，告诉我你听到了什么。”

他听到街上有一辆卡车隆隆驶过，远处传来警报声。他意识到脚步声和含混不清的说话声来自诊所门外。一把椅子咯吱作响，不知是马克坐的那把，还是凯拉坐的那把。凯拉的咳嗽声，她的一点声响他也听得出。他本想这么说，却回答道：“我听见各种声响。”

“希望你集中精力，倾听来自内心深处的声音。”马克说。

“我内心深处？”杰森迷惑地问道。

“是的。你的心跳，你血管里流淌的血，想象这是大海的声音，你的心跳是一台老式精美时钟的钟摆声。你和我说过，你父亲有一台你很喜欢的古董挂钟。”

他想象着父母家那台18世纪的挂钟，小巧、精致，所有的机械装置都装在一个贴有红木面板的橡木盒里。他还是个小男孩，母亲微笑着站在一边，看着他给时钟上弦。她总是对他微笑。母亲……他亲爱的母亲……

在他的脑海中，他看见她站在时钟旁边，仿佛她还活着，一个有血有肉、友好热情、有感知的人，一个还没有被死神夺去生命的活生生的人。他一直是她的心肝宝贝，被她宠坏了。如果想要什么，他只需要告诉她那是什么，然后就能得到。天哪，他突然意识到自己是多么想念她。

“杰森，跟我说说，”马克说，“告诉我你脑海中出现了什么。”

“我在家里，在我父母的家里。我在看那台挂钟。我妈妈在那里。她微笑着。”

“很好，杰森，非常好，现在看看周围。我希望你找个好地方，你觉得最舒服的地方。那台挂钟附近，或者别的什么地方，都没关系。你想待在哪里？”

他环顾四周，竟发现自己已身在别处。绿色树梢在头顶摇曳，附近是一棵百年大树，他站在通往马鞍峰的陡峭沙路上。

“我在圣莫尼卡山中，我和凯拉经常去那里远足。”

马鞍峰是他们最喜欢去的地方。有时，他们爬上山顶，欣赏山下的全景和蔚蓝的太平洋。如果他们一早到达，还经常发现雾气像凉爽的毯子一样盖在岩石上。

有一年夏天，他们曾在这棵老树旁高高的草丛里缠绵欢爱。但由于马克现在在场，他对这段只字未提。

“很好，”马克继续说，“深呼吸，听听鸟叫，看看四周，感受一下，杰森。”

他确实听到树叶沙沙，鸟儿啾啾，还有附近的瀑布飞流直下。世上再没有这样的地方了，再没有他如此喜欢的地方了。

然后他听到了马克的声音。

“你现在在干什么？”

“仰面躺着。”他睡眼迷离地说。

“我想让你站起来，可以吗？”

他顺从地从高高的草丛中站了起来。

“现在我想让你去别的地方，有火的地方，但在此之前，仔细听好了：你可以随时回到这里，回到圣莫尼卡山。你只需打个响指，就会回到这里，在这里你是彻底安全的。听明白了吗？”

“是的。”杰森回答。事实上他并不确定。马克的声音传入他的耳内，仿佛来自一个看不见的神灵。

“我希望你现在就开始行动，杰森，开始走动，非常小心，非常缓慢。记住，你可以随时回来，只需打个响指就行。”

杰森凝视前方，森林小路上没有火。

“现在你在哪里？”马克问道。

“还在原地，我不知道该去哪里。”

再一次，他搞不清楚这些话只是他心中想的，还是真的说出来了。

“慢慢来，杰森，你需要多长时间都行，这是你的地盘，你随时可以回来。只是随意走走，任何地方。”

“我不确定……”

杰森开始随意走动，朝前走了约50码。小路突然向右转弯，从视野里消失了。正前方是一片高大的灌木丛，后面耸立着灰蒙蒙的山峰。

灌木丛似乎在向他招手。他越走近，越能看清这些植物形成了一道有缺口的绿色墙壁，有些地方没有枝叶，完全可以走过去。

黑洞。

他不假思索地径直走进一个洞里。一走进去，太阳消失了，漆黑如夜。他吃了一惊，但还是踉踉跄跄地继续前行。

在前方的黑暗中，火爪突然猛烈地向上腾起，像扭动的烧红的拳头。现在他停下来了，心怦怦直跳。火焰似乎感觉到了他的存在，向他袭来，仿若无数条蛇嗞嗞地吐着芯子，要包围他，吞噬他。一场噩梦。杰森尖叫起来。

几件事同时发生了。首先，他意识到自己并不孤单，火中藏着什么东西或什么人，火焰只是伪装，他本能地知道有什么东西就在那旦，但他看不见——也看不出，被火焰遮住了。

其次是那个神灵在呼唤他的名字。

“杰森！”

还有他很熟悉的另外一个声音：凯拉的声音。

“回来，杰森！”

他听着各种声音。听他们的话，离开这个地方，离开这场大火，这至关重要。他想着要回去，他希望回去，然后——

然后马克的心理诊所又出现在他的视野里。房间里没有火焰，也没有灼热，他感到的灼热来自他的体内。他汗流浃背。

凯拉蹲在他旁边，身后站着马克。

“发生什么了？”她问道，几乎和他一样焦躁不安。他想说话，但说不出来。

“让他先喘口气，凯拉。”马克严厉说道。

“我能喝杯水吗？”杰森费力地说。

“马上就拿来。”马克说。

一分钟后，杰森几乎是一口气喝下了整杯水。

“我再也不想经历那样的事了。”他声音颤抖。

“经历什么了？”凯拉害怕地大声问道。

他断断续续地把看到的一切告诉了他们。

“马克，”说完后他问道，“这是怎么回事？”

“现在下结论还为时过早。我们还要……”

“有什么东西和我在一起，”杰森粗鲁地打断了马克的话，“我并不孤单。火里确实有什么东西或什么人。”

“好像是如此，”马克说，“但是我们下次再谈。冷静下来，先努力解决第一次的问题。”

杰森不禁打了个寒战，“如果还有下次的话。”

“你这话是什么意思？”

“你听到我说的了，”他把目光移开，“噩梦太可怕了。这一次，我觉得自己像是着火了，我再也不想有这样的经历了。”

火焰中藏着什么东西。不管怎样，他对此毫不怀疑。但什么样的东西能在那样的熊熊烈火中生存下来呢？

第十五章　火神

接下来的两天，杰森尽量不去想在马克的心理诊所接受治疗的事。一闭上眼睛，他就担心会做噩梦，庆幸的是，噩梦并未出现。上班时，一天天似乎过得没完没了，但至少他没再收到马尼拉信封。

星期四下午下班后，他顺道去了父亲家。父亲正在棚屋里忙着为冬天做准备，想把房子的木墙板换掉。杰森一直等着父亲用圆锯把一块木板小心地锯成合适的尺寸，然后把木头放在一边。爱德华似乎是觉察到儿子来了，转过身。

“再次感谢你的工具箱，孩子，”他和善地和儿子打招呼，“我的确很满意。”

“不用谢，爸爸，很高兴你喜欢。”

他们进屋喝了一杯冰镇啤酒。杰森站在客厅里，盯着那台古董挂钟看了一会儿。从他记事起挂钟就在那儿。就像接受马克的心理治疗时那样，他又想象着自己是一个小男孩，那时母亲还活着。他想起了母亲甜美的微笑。

杰森庆幸生命中有两位非常特别的女性。一位是凯拉，他祈祷凯拉能永远和他在一起。另一位是母亲唐娜，因罹患癌症于九年前的6月27日去世，去世时还是太年轻。她在前一年的11月被诊断出患有癌症，在确诊后的几个月里，她生活完全正常。要不是杰森知道真相，他绝对认为母亲没患癌症，更不用说癌细胞在她体内肆虐。6月之前，她每周在医院接受化疗，这是唯一能表明一切和以前不一样的地方。当时，爱德华和杰森祈祷她至少能和他们一起过圣诞节。

6月初，唐娜的病情急剧恶化。但不管在生命最后一段日子里忍受着多么可怕的痛苦折磨，她始终坚强乐观，富有爱心。她的体重暴减，消瘦的身躯日渐虚弱。杰森和父亲一直守在病床边，看到她咽下最后一口气，两人几近崩溃，失声痛哭。

唐娜是一位虔诚的天主教徒，有着强烈的宗教信仰，但并不极端。当儿子把一个又一个女朋友带回家，她从来没有说过反对的话。唐娜明白，杰森除了教堂还有其他兴趣——但为了让她开心，杰森很少不参加由亚伯拉罕神父主持的每周弥撒。唐娜曾是当地圣经协会的会长，这在崇尚自由主义的加州实属罕见，但她致力于此，并吸纳了数量可观的新会员。

爱德华也不是常去做礼拜的人。退休之前，他是一家农业设备制造厂的生产主管。因此，他对机器、工具和小玩意的兴趣远远超过了对宗教的兴趣。

唐娜爱家人，尤其宠爱儿子杰森。但所有人中，偏偏她是第一个离世的，这让杰森怎么也想不明白，就好像她因为工作出色却被奖励患上癌症一样，这根本没有道理。

但这却有助于证明凯拉的观点：死亡就是一个恶魔。

一想到这些，还有生活的不公，杰森不禁感到一阵悲伤。他和父亲在客厅里喝完啤酒，又聊起上次的生日聚会——父亲非常喜欢的一次。当然，杰森没有告诉他任何关于照片的事。这有什么用呢？父亲也不会有什么答案，反而只会徒增他的担忧。

他开车穿过马里布的绿野回家，深感孤单，这不仅仅是因为他的心情，还因为这段路上只有他一个人。即使这儿离喧嚣的大都市洛杉矶不远，在这些被橄榄树和橡树环绕的柏油小路上，你不禁会想自己是地球上最后一个人，或是第一个发现这片美丽土地的人。

但事实上，他两者都不是。

他并不孤单。

他是有陪伴的，不管火中是谁。

催眠后的幻觉又不请自来。包围着他的大火令人恐怖，而这本身并不新奇，但火里藏着什么神秘的东西。毫无疑问，这是他从未经历过的。

它还存在。火还存在。

现在，由于接受了马克的治疗，他想知道那火是否一直都存在——从多年前反复出现的噩梦第一次闯入他的梦乡，到最近一次他在马克的心理诊所。

如果马克和凯拉没有喊他回来，也许他能看清被火焰掩盖却一直和他在一起的东西。

它在看我吗？它感觉到我了吗？它认识我吗？

一个个耐人寻味的问题却没有答案，而得到答案的唯一方法就是再重走一遍那条路。

那条通向大火的路。这个想法让他备受煎熬，他不禁出了一身冷汗。

虽然已暗下决心，但他还是和凯拉商量了此事。只有一个人能把这一切搞清楚，一个他足够信任、能够刺探他大脑的人，那就是马克。

杰森决定冒险一试。既然已经迈出了第一步，第二步就不可避免，不管结果有多么可怕。想到可能发生的事情，去牙医那里拔掉智齿就显得微不足道了。

凯拉听他讲完，百感交集，说只要未来不再有恐惧她愿意做任何事情。杰森给马克打电话时，她静静地站在旁边。

杰森预约了第二天，星期五，依旧是下午5点。那天晚上入睡时，他确信噩梦还会重来。

我不用担心。他不停地劝告自己，努力保持镇静。但这种祷告对他已无作用，因为他清楚自己忧心忡忡，否认这点，只是在自欺欺人。但首先要度过今晚，杰森关了灯，做好了最坏的准备。

第二天早上醒来时，他发现自己竟安然睡了一整夜。

下午晚些时候，他们再次来到马克的心理诊所，但气氛明显紧张起来。对杰森和凯拉来说，紧张是在意料之中，但马克不时的咳嗽声暴露了他的不安，他一有压力就会如此。杰森想起了在加州州立大学的一次期中考试，当时马克不停地咳嗽、清嗓子，惹恼了其他同学，校方不得不让他到一间空教室考试，并临时请一位教授来监考。杰森当时没在考场，但他相信这是真的。是的，马克大部分时间都沉着冷静，但感到不安时，他那看似不可动摇的平静可能会变成一阵阵咳嗽。

马克没有说明自己今天为何紧张。杰森认为，心理学家应该在任何时候都会传递知识，表现出感同身受，给人信心和安全感。毕竟，他是专业人士，拥有与他的崇高地位相伴而来的权威。

杰森猜想——或者说希望——马克的紧张只是因为他想帮助老友。如果这些治疗毫无效果呢？如果他们所做的一切只让杰森更加困惑呢？换作他是马克，他肯定也会思考这些问题的。

不管发生什么事，杰森决定这次一定要控制住自己的情绪。

马克让他躺到诊察台上。杰森照做，并尽量放松。和上次一样，马克让他去一个他觉得安全的地方。

"但是不要去圣莫尼卡山了，这次选别的地方吧。还有什么地方让你觉得安全？"

他想起了犹他州的盐碱平原，他曾和大学时代的好友比尔·哈勒曼一起去过那里。那年夏天，他们开着比尔那辆生锈的别克车——那时大概是杰森第一次了解到谁是汽车大王汤米·琼斯——到处兜风，还有泡妞。他们一起在雪白的平原上飙车。

然后，他听到马克的声音似乎从遥远的地方传来，像是在电话的另一端，问他是否准备好回到有火的马鞍峰。

他站在犹他州无边无际的白色盐碱地上，眺望远处的层峦叠嶂，感到平和、安全。他和比尔是这片广阔领域的唯一统治者，那种感觉很好。

他不想离开那里。

他不想再回到圣莫尼卡山的大火中。

但后来，他还是强迫自己回想起那个地方。轻而易举，他很快又沿着上次的足迹，踏上了那条陡峭的山路。

当看到参差不齐的灌木丛时，他感到一阵恐慌和焦虑。这次他知道后面是什么，这是通向恐怖的大门，他害怕继续走下去，但别无选择，绿叶之后，隐藏着他反复出现的噩梦的秘密。

他听到马克问他身在何处，那声音仿佛是从远处传来的回声。

“我来到树叶墙前了。”杰森回答。

“继续。”马克说。

“我不知道……”杰森犹豫起来。

马克告诉他，如果他现在觉得自己做不到，那他不用非得去做，他们可以再找时间，这没什么大不了的。

“我别无选择，”杰森争辩道，“我永远不会为此做好准备，但这必须要做，还是赶快了结这一切吧。”

“你确定吗？”马克问道。

杰森想了一会儿，考虑是否还有其他选择。

“是的，”他说，“我确定。”

“好吧，那继续，你想什么时候回来都可以，很容易，打个响指就行。准备好了吗，杰森?”

杰森重复了一遍他会尽力而为，便试探性地向树叶墙走去。和以前一样，他走进一个黑洞，发现自己置身于一个无月的漆黑之夜。

他停了一会儿，鼓起勇气。他并不觉得自己勇敢，恰恰相反，他是有违自己的意愿，勉强来到这儿的。他能想到许多他愿意去的其他地方。

完全不同的其他地方。

马克？他说，或者只是他想说而没说出口的。

没有回答。寂静甚至渗透到了他的脑海中。

马克！

还是没有回应。

马克是他与现实世界的联系，而这种联系——他通往现实世界的生命线——似乎已被割断。

他瞥了一眼右手。

我只要打个响指就能回去。小菜一碟，我能做到。

但他决定暂时不回去，因为他看到的只是漆黑一片，仿佛在一个没有亮灯的地下室里。他像盲人一样摸索前行，想着什么时候火堆会出现。他的脑海中刚有这样的想法，火突然燃烧起来。

他意识到可以用意志将噩梦中的火变为现实。奇怪吗?不，他想，因为他只是在通过自己的大脑旅行。这样的夜晚就是他脑海中的一道裂缝，就像诺姆·莫兰的灵魂里有洞穴，一个黑骑士常常出没其间。

他并不是真的在圣莫尼卡山，他哪儿也没有去。他所做的一切只是在自己内心铺设了一条道路。他今天比上次更充分地意识到了这一现实。

好吧。如果我没有走出自己的思维，那我就可以思考，好好想想，我不妨让其他的也加入其中，看看会发生什么。

火焰猛烈地向他扑来，仿佛它们真的存在，能感觉到他，甚至能看到他。这既令人吃惊，又令人痛苦。尽管如此，他还是竭力抑制住心头的恐惧。火苗滚滚而来，将他包围。他惊恐地看着火圈形成，热浪就像一把滚烫的钢刀，劈头盖脸地向他袭来。

他可以打个响指逃离这儿——或者他希望自己可以。马克向他保证过的，马克可是他值得信赖的朋友。但如果他打了响指后什么也没发生呢？如果他发现自己还被围困在这里的大火中呢？

但这不是真的。一切都在我的脑海中。我不需要害怕，这只是一种幻觉。

他思路清晰，这使他感到惊讶。不要恐慌，还不至于。

然后他又一次意识到，他不是孤单一个人。火里有东西。他不知道是什么，也听不到，看不到，但能感觉到。如果他有勇气留下来，不打响指，不相信自己将被活活烧死，他会看到的。他只需要等待。

但身不由己，他感到一声尖叫在内心深处积聚力量。恐惧正试图控制他，而且很快就占了上风。

火焰越来越近，几乎烧到了他的脚面。想象中炙热的钢刀仿佛要把他的脸切成碎片。他撑不了多久，没有人能忍受得了这种折磨。他把右手的大拇指和中指捏在一起，打个响指，就一下，这一切就结束了。

现身，该死的，让我看看你是谁。你在这里，我知道。现身吧，我要见见你！

火慢慢改变了形状。一个人影似乎从火中出现，杰森以一种病态的痴迷注视着。这只是幻觉吗？他眯起眼睛，注视着似乎不停移动的火焰。然后，令他惊恐的是，一个人影从火焰中走出来，向他走来。这个怪物有头，有胳膊有腿，像火把一样燃烧着。火焰从头到脚包围着它的身体。它没有脸，至少杰森看不清。火焰把它包裹得严严实实。他目瞪口呆地盯着怪物。是幽灵吗？火神？杰森什么也做不了，完全无能为力，即使幽灵伸出一只燃烧的手臂，火红的手指越来越向他靠近。

一声撕裂的尖叫声穿过他的声带和喉咙。他向后倒下去。他的拇指和中指终于捏在一起，他打了个响指。

第十六章　Mawkee

马克心理诊所的样子模模糊糊地出现在他的眼前，但他似乎还可以看到火中的怪物。他浑身颤抖着，从一个世界转换到了另一个世界，现在至少感受不到灼热的火焰带来的痛苦了。

凯拉双手环抱着他的右手腕，蹲在他身边，瞪着眼睛惊恐地看着他。马克站在她身后，像是在说话，但杰森听不见，耳朵似乎已完全失聪。

慢慢地，非常缓慢地，声音开始回到他的世界。电话铃响了，但是马克没有接听。

嘿，接电话，他想说，但说不出来，嘴巴似乎僵住了。他也站不起来，觉得好像一卡车的砖块压在身上。最后，马克的声音穿过迷雾在他耳旁回荡，“杰森，你没事的。跟我说话，你没事吧？”

“我回来了。”杰森颤抖着声音说。

他向他们描述发生的事情。当他解释火的产生以及火如何变成一个人形，一个行走的火把时，他再次感觉呼吸困难。他详细描述，然而，要描述他在整个过程中的感受更具挑战性，他只能用苍白无力的语言表达他所感到的那种纯粹的恐惧。如果转换角色，如果凯拉被想象中的蜘蛛包围，他也无法完全理解她的恐惧。感同身受不过如此。

他自己也觉得言辞空洞无力，无论如何，他都无法表达出在催眠期间的惊恐状态。

“所以火中确实有什么东西，”杰森总结道，声音柔和下来，但语气坚定，“或者说火变成了什么东西，但我不确定。”

“太可怕了。”凯拉小声说。

杰森看着马克，“这你怎么解释？”

“这只是我们分析的开始，杰森，”马克若有所思地摩挲着下巴，“这确实像是一种压抑的经历，或是一系列的经历。你所描述的景象是某种事物的象征，这一点我能肯定。我们只能等等看。但是这次治疗进展很好，事实上，我认为你已经有所突破，你设法控制住了自己，没有忘记你在哪里，也没忘记如何打破这种催眠后的恍惚状态。”

“谢谢。但我们下面该怎么办？”

“我总是喜欢把治疗过程比作剥洋葱，”马克说，“第一层已经剥去，但是还没有到达核心。你需要再回去几次，一层一层剥。这个过程确实会不舒服，但如果你愿意的话，我会帮助你的。”

“如果还继续的话，我只会和你一起做。”杰森回答。

“我同意。”凯拉说。

杰森想了一会儿。到目前为止，他所做的一切只是激发了更多问题，而没有得到答案。他看到的火焰来自哪里？燃烧着的怪物究竟是什么？如果确实存在的话，这一切与那三张照片及上面的文字有什么关系呢？

马克说得没错，这个过程可能就像剥洋葱，但他认为马克有一点说得不对，那就是每剥掉一层，会产生更多的问题，这会给洋葱增加更多的层数。

这一疗程使他筋疲力尽，他宁愿吃一片阿司匹林，睡上一觉，假设他不再做关于火怪的梦。

“今天到此为止吧？”杰森问道。

“好主意，”马克赞同，“我认为最好是等上几天再继续。强迫进行往往会适得其反。我们下周再见，同一天，同一时间，如何？”

“好的，”杰森说，“就这样定了。”

和马克道别后，他们回家，由凯拉开车。一路上，她不时地斜眼看他。

“我不会有事的。”他再三向她保证。

“是的，你会好起来的。一切都会好起来的。”

但两个人的语气都不十分肯定。

回到家，凯拉沉默不语，陷入冥想。然而，不管杰森如何努力，大火和怪物始终在他脑海中挥之不去。他机械地从冰箱里取出一瓶灰皮诺葡萄酒，标签上没有关于其品质的说明，但他记得价格是4.99美元。

“一分钱一分货，对吧？”他喃喃道，打开瓶子，斟了两杯。

“来吧，我们去呼吸一下新鲜空气。”他对凯拉说。凯拉同意，两人一起来到峡谷景观房的后门廊。

凯拉坐在他旁边的旧沙发上，他伸出胳膊搂住她的肩膀。有一段时间，他们就静静地坐在那里，享受着那份宁静和眼前的景色。

“杰森？”最后她开口问道，“你想谈谈吗？”

他勉强笑了笑，“当然，谈谈，你对这一切有什么看法？”

“我想……”她刚开口就又摇了摇头，“我只是不明白。”

“我也一样。”

他将她搂紧一些，现在他比以往任何时候更需要妻子。她身上有丁香花的味道，甜蜜的香味勾起了他幸福的回忆。

他是在四年多前的一次商务晚餐上认识她的。当时布莱恩·安德森让他一起外出会见客户——韦恩斯坦电影公司的乔·丹尼尔斯和阿尔文·史密斯。他们在日落大道上的公爵夫人餐厅度过了一个愉快的夜晚。但那天晚上，杰森注意到了为他们服务的女服务员。当她为他们点完餐，他称赞她头发扎得漂亮，尽管他从来没有称赞女服务员的习惯。他立刻意识到，她不同于其他女服务员，也不同于他认识的其他女性，完全与众不同。后来她问他是什么吸引了他，他说是她性感沙哑的声音。

主菜上来不久，他接到一个电话，说了声抱歉离开餐桌。他站在餐厅的角落里，手机贴在耳朵上，而她远远地看着他。他尽量抑制住自己想走上前和她说话的冲动，“今日相遇，相见恨晚”。老一套了，是的，但他当时就是这么想的。

然而他并没有那么大胆，要不是他忘记了信用卡，一切就会到此为止。晚餐后他们回到车上，杰森拍了拍衬衫口袋，发现他用信用卡支付并签名后，忘了取卡。他向其他人道了晚安，匆匆回到餐厅。凯拉看到他又回来先是吃惊，然后帮他找到信用卡。她有些慌乱，声称是她的错。他本想和她说没关系的，但没说，而是把手放在了她的手上。

他们四目相视，然后她把另一只手放在他的手上。她明眸善睐，无须多言。他们的身心，甚至是灵魂就这样紧紧连在了一起。

第二天晚上，他又到公爵夫人餐厅吃饭，不过是独自去的。从那以后，一发而不可收。

原来她曾在希尔德学院学习，这所学院主要是培训行政秘书。在欧洲背包旅行了六个月之后，她眼下正在找工作，但要找到一份合适的工作并不易，这就是为什么她现在在做服务员。

当然，也有拉尔夫的原因。他们第一次约会时，她没有提到拉尔夫。第二次，她谈到了。多年来，杰森对凯拉的前未婚夫有了更多了解，但从来不知道全部真相。拉尔夫死后，她去了欧洲旅行，部分费用由父母支付，部分靠她在餐馆和酒吧打工挣来的钱。

没过多久，他就开始在她那里过夜，比在自己家住的时间还多，那时他的房子正在施工中。在公爵夫人餐厅相识20个月后，他们结为夫妻。他们彼此相爱，认为没有必要再等下去了。2月里那个阳光明媚、春意盎然的日子真是令人难忘。与此同时，锦上添花的是，她得到了目前在德马斯电器公司的工作。她热爱这份工作。

如今，他们结婚已快两年半了。结婚以来，从没出现过什么严重问题。除了结婚当年的4月，她的外婆去世，四个月后外公又去世了。

失去亲人令她心碎。同年11月，她的闺蜜罗丝·萨拉迪在交通事故中丧生，她们曾经常在一起打壁球。那场悲剧使凯拉一连数月郁郁寡欢。

最近一次的打击是克里斯舅舅的去世。自然，他的死亡方式确实令人不可思议。在他死后的头几天里，凯拉哭个不停，根本不听杰森或其他人的劝慰。葬礼上，她戴着硕大的太阳镜，遮住红肿的眼睛。杰森原以为要过很长一段时间她才能抚平伤痛，但他惊喜地发现，葬礼后不久，她便面对生活，继续前行。他不敢问她为什么这次处理得很好，担心这个简单的问题会揭开她的伤疤。他想，对她来说，直系亲属或朋友的死亡可能比一个相对陌生的亲戚的死亡更令人痛苦。

不管怎样，说得委婉些，死亡使她心烦意乱。

他害怕火，而她害怕死亡。

一阵可怕的噼啪声把他惊醒。他的床着火了。高耸、愤怒的火舌在他和凯拉周围乱蹿，而凯拉还在睡觉。一股灼热扑面而来。床边有个人影在熊熊燃烧：火神。极度恐慌中，他想到可以做一件事——打响指。他打了响指，但什么也没有发生，火焰还在，怪物也还在。这不是噩梦，也不是催眠，这是现实。

火红的怪物发出痛苦的声音，像熊熊火焰的怒吼。或是一声哀号，一声低吼？

Mawkee。

嗞嗞声似乎是从灼热的大火中发出来的。

怪物缓缓靠近，现在来到床上了，正朝着他和凯拉爬来。炙热难耐，熊熊的火焰依然遮住了怪物的脸。

现在更近了，一只燃烧的手举了起来，火红的手指似乎要碰到他的脸，他的眼睛，要碰到——

杰森发出一声刺耳的尖叫。

然后他醒了。又一次。

他没有看到怪物，没有看到火焰，什么也没有。

凯拉坐在他旁边，直直地盯着他。

"又是一场噩梦，"没等她开口，他颤抖着说，"这次真是活灵活现。"

他的第一个念头是：马克没有很好地关闭我的大脑。

他的第二个念头是：Mawkee？

无论这个单词是怎么拼写的，它都包含了钥匙（key）的发音。

这是开启什么的钥匙呢？

他又倒在枕头上，用手擦了擦汗涔涔的额头。和上次一样，火只是在他心里燃烧。他做过许多噩梦，但这次是最可怕的。

第十七章　马鞍峰

第二天早上，杰森吃了两片阿司匹林以缓解剧烈的头痛。他不知道该怎么应对自己的噩梦，也不知道这噩梦究竟来自何处。他曾肯定自己当时是醒着的，但显然他搞错了，似乎越来越分不清梦幻和现实。也正因如此，他愈加焦虑不安。但不管怎样，生活还得继续，他有工作要做，有妻子要保护。他打电话给卢·布里格斯。

“事情进展不太顺利，杰森，”卢说，“我还没有找到金字塔。我觉得这是某位平面设计师做出来的，就像字母M一样，是被叠加到图像上的。”

“卢，请尽量找到那个墓地。”杰森在挂断电话前再次恳请对方。

几分钟后，杰森来到浴室冲澡。热水从身上流下，他的思绪不禁又回到了马鞍峰小路尽头的灌木丛。为什么他的噩梦之门正好就在那个地方？他原以为那个地方留给他的只有愉快的回忆。

突然想去那里的冲动涌上心头——不是躺在马克的诊察台上看，而是亲眼去看看。他需要亲眼看看那些实实在在的树叶。

他把想法告诉了凯拉。

“这是个好主意，”她说，“我和你一起去。”

他脑中闪过要给马克打个电话，但最后还是决定不打了。毕竟，这是周末，马克也要休息。

匆匆吃完早餐，他们走出家门，走进加利福尼亚夏日的黎明中。即使时间尚早，费恩希尔已沐浴在7月的暖阳中。虽然在这个小镇住了才几年，但杰森在这里感到舒适自在。与25英里外的洛杉矶相比，这个坐落在群山之间的小镇无疑是宁静祥和的避难所。

他们开着凯拉的克莱斯勒车，穿过费恩希尔独特的“比弗利山庄”，这个社区之所以有这个绰号，是因为大量的工匠、艺术家和作家在这里定居。这些人大多来自洛杉矶，聚集在此，是希望能找到创作的灵感。杰森瞥了一眼雕刻家戴维·梅恩的豪宅，毗邻的房子是悬疑小说家理查德·霍桑的。这两位是费恩希尔唯一值得炫耀的名人，其他大多数艺人都是霍桑的崇拜者——用杰森的话说，这些马屁精和艺术上的跟屁虫都是些“朽木”。他突然想起了什么，尽管此刻紧张痛苦，但还是禁不住轻声咯咯笑了起来。

“私密笑话？”凯拉问道。

“我想起去年霍桑家的游园会。”

“哦，那个啊。”她可没觉得那段记忆有趣，“真是令人难忘，太尴尬了。”

有幸被邀请参加这个私人聚会，杰森特地买了一套阿玛尼西装。后来，凯拉拿着两杯白葡萄酒从吧台回来，被一根通向花园的电缆绊了一下，两杯酒都洒在杰森昂贵的西装上。他的第一反应是生气，但看到妻子满脸通红，他很快消气了。

没过多久，他们就驱车8英里来到马鞍峰脚下的停车场。从那里开始，要爬上大约3英里才能到达茂密的树林，然后再向前几英里，开始有岔路，让徒步旅行者可以选择走哪条路。每条路都有名字，海洋山径是他们的最爱。

今天他们并不是第一批游客，停车场里已经停了几辆车。他们换上登山鞋，出发了。

登山过程中，两人沉浸在各自的思绪中，都没有说话。尽管加利福尼亚阳光明媚，但接近目的地时，他感到一阵寒意。

前面是一棵古老的橡树，他们曾在树旁高高的草丛里缠绵欢爱。

再往前走几十码，小路急转弯的地方，就是灌木丛了。他停下来。

“嗯？”凯拉敦促他。

他又走了几步，心中依旧极不情愿，好像他现在正在向悬崖边挪动。到达灌木丛时，他发现那里除了枝叶，什么也没有。茂密的树冠，树枝，树干，生长在完全普通的森林土壤上。他几乎不敢碰那些植物，但最后还是小心翼翼地把一些树枝拨开，用鼻子嗅了嗅，就像一只家猫第一次来到外面的世界。

灌木丛中有一些光秃秃的地方——他一直认为是黑洞。

虽然这些黑洞看上去和他在马克那儿接受治疗时看到的一模一样，但他现在无法确定自己当时穿过的是哪个洞口。

“真有意思。”他咕哝道。

“什么？”凯拉问道。

“我不知道它在哪儿。”

“什么在哪儿？”

他后退一步，握着她的手，“就是这儿，没错，这就是我被马克催眠后去的地方。但是……”他紧紧握着她的手，“我不知道接下来做了什么。我穿过某个地方，穿过其中一个缺口，但到底是哪一个呢？”

灌木丛中没有一个洞有通道能够进入另一个世界，下面的沙地上有干蕨类植物、枯叶、灰色的鹅卵石和几块岩石，就这些。凯拉什么也没说。

他抬起头，调用各种感官。他听到鸟儿叽叽喳喳鸣叫，树叶沙沙作响。微风轻拂，他呼吸着森林的芳香。他想不起别的了，什么也想不起来了。

但仍然……

火仍然还在某处噝噝作响。在他内心。

他转向凯拉，“我确实出了什么事。”虽然这句话是他亲口说出来的，但他也不知道此话是何意义，“我的内心……有什么东西死了。”

她紧绷着脸，冷冷地瞪了他一眼，他从来没有看到过她眼中这样的表情。他意识到她在想什么——但太晚了。他说错话了，大错特错的话——一些她不想听的话。

“我不是说我没活着……我不知道自己在说什么，”他试探道，“我很抱歉，忘了我说的吧。”

他恳求地看着她的眼睛。她把目光移开，缩回了手。

“如果你在这里没有什么可做的，我们可以走了吗？”她冷冷地说。

“我想我做完了，是的。”

她转身背对着他，开始沿着小路往回走。他等了一会儿，然后跟着她，回味着自己说的话。不，从他嘴里说出来的话，但他没有说，那是……

是来自我内心的某个地方，但不是我说的。

杰森又打了个寒战。

但让他伤心的是凯拉。

她大踏步从他身边走开了。

回到家，他们之间的气氛还没有缓和。凯拉径直走进小书房，杰森从客厅里听到她在打电话。很明显，她需要找个朋友聊聊天来发泄一下情绪。他独自来到门廊上，坐在吊椅上沉思。半个小时后他回到屋里，发现凯拉还在书房，但已经打完电话了，只是坐在那里，呆呆地注视着房间。

“嘿，”他笑吟吟地说，“我可是来执行和平使命的。”

他笨拙地挥舞着半握紧的拳头，模仿着一面白色的休战旗，“我们能谈谈吗？”

“我们总是可以谈谈的。”凯拉怒气冲冲地说。

“很好，那怎样才能解决这个问题呢？”

就如一块冰在烈日之下融化，她的怒气就这样消散了，说话也换成了恳求的语调。

“杰森，我想帮助你，”她说，“你知道我愿意。无论噩梦有多可怕，你现在在努力去搞清楚，我觉得这是一件好事。但有一件事是肯定的：你还活着，你还存在，我看见你站在这里，你不是幽灵。”

他咧嘴一笑，“不是幽灵？你确定吗？”

“啊？”她大吃一惊。

“你不检查一下吗？看看我是不是真的有血有肉？”

听他这么说，她笑了笑。终于笑了，他已经很久没有看到她的笑容了。她的目光变得柔和起来。“好啊，”她低声说，伸出一只手，“让我检查检查。”

后来，他们赤裸着身子并排躺在床上，她又提起了最近几天发生的事情。

“你好像压抑了什么东西，”她开口道，“马克就是这么说的。我不知道……”

“那是什么？”他接过她的话。

“是的。还有那着火的东西……”她摇摇头，好像在否认，“你所谓的怪物，到底是什么？”

“我不知道，”他说，“昨晚我在梦中听到了一个声音，Mawkee，像是钥匙，什么钥匙呢？”

他转向她，用指尖轻揉着她的右乳头，“还有，我坚决认为我从来没有真正遇到过什么火灾，”他有些茫然地说，“那么我的恐火症是从哪里来的呢？为什么我的梦突然变得更加奇怪了？”

“可能是别的什么东西。”她说。

“比如？”

“你对火最早的记忆是什么？”

“天哪，凯拉，我怎么知道？”

“你自己并不一定要待在火里，”她继续说，越来越相信自己的判断，“也许你是目击者，看到了受害人死于火灾。这是有可能的，没错吧？也许火灾以及你一直提到的那件事与此有关。”

“我明白你的意思了。”

“发生过这样的事吗？有这种可能吗？”

杰森努力搜寻记忆，然后摇了摇头，“在我的记忆中还没有。”

“不过，你一定经历过一场可怕的火灾，”她继续坚定地说，“这一切都指向那个方向。也许那是很久以前的事了，你忘记了，或者你潜意识里不让自己回忆这段经历。”

他又回忆起往事来，“我能明白这么想的合理性。还是让我们彻底把事情弄清楚。我打电话给那个应该知道实情的人。”

他坐在床边，拿起电话，拨了一个号码，几乎立刻就有人接了电话。

“喂？”

“你好，爸爸，是我，”杰森说，“一切都好吧？”

“好极了，儿子。泰勒和罗杰正在过来的路上，他们马上就到。”

“那太好了。你们要去哪里？”

“不去哪儿，我们要喝啤酒，可能不止一杯。我们还可能会打打牌。”

“所以你这个下午就和这些家伙在一起了。”杰森说。

“没错，这让我保持年轻。”爱德华打趣道。

“对你有好处。”杰森吸了一口气，准备言归正传，“爸爸，听着，我想问你一件事。我们之前讨论过这个，但我需要确认一下。是关于……呃，你知道我有多讨厌火。”

“嗯？”爱德华的声音一下子变得低沉，这可不是他喜欢谈论的话题。

“我以前问过你这个问题，我知道，但我要再问你一次。”他深吸了一口气，“爸爸，很久以前，我有没有经历过什么事情可以解释这一点？我曾经靠近过大火吗？我可能是看到了什么让我害怕的？让我吓得要死？”

“好了，孩子。”爱德华说，“如果真有这样的事，我早就告诉你了。我和你妈妈以前都很担心这个。哦，你用了一个花哨的词，是什么来着？”

“恐火症。”杰森低声说。

“就是这个词。又是老样子了吗？”

“它从来没有真正消失过，”杰森尽量语气轻松地说，“我只是想知道这究竟是怎么开始的。”

爱德华在电话那头叹了一口气，“杰森，相信我，如果我知道这类事情，我早就告诉你了。”

“好吧，再想想，可是，你听皮特·麦格雷说过吗？”

爱德华沉默了几秒钟。沉默中，杰森能感觉到父亲不高兴他把皮特牵扯进来。但他别无选择，他必须考虑到每个细节，每个角度。

“没有，孩子，我也从来没听他说起过这件事。相信我。”

杰森向后靠了靠，拂去垂在眼睛上的一绺头发，“我明白了，爸爸。我只需要再确认一下。”

他结束了通话。

“还是没有，”他告诉凯拉，“爸爸也没有什么补充的。我倒没有料到他会这样。”

“那是怎么回事？”她低声说道，然后又摇了摇头，“也许这并不重要，你应该放下，不要再想它了。”

他很怀疑自己能否做到。

就在几天前，他还一帆风顺，无忧无虑。他头脑聪明，长相帅气，有一个快乐的童年，在大学总是成绩优异。他还有份好工作，还有可爱的妻子。一切都没有偏离轨道。一切正常。

我的过去似乎是干干净净的，他想，没有什么烧焦的痕迹。

除非他的假设可能是错误的。他越来越觉得可能就是如此。

夜色温柔，充满活力，充满希望。他亲吻着她柔和的嘴唇，然后是纤细的脖颈，丰满的乳房，再到紧致的小腹。继续往下，他的舌头探索着她最私密的部位。她轻声呻吟着，稍稍欠起身来，双臂搭在他的肩上。他吻了吻她，她诱人地笑了笑，身子又陷入枕头里。他进入她的体内，然后闭上眼睛，享受着那种极乐。当他深情地凝视她时，惊讶地发现她在咧嘴笑。她脸上熟悉的酒窝还在，但是她眼睛里的光芒已经变成了一道暗光，像地狱一样黑暗可怕。

一个灰白色的斑点出现在她的右脸颊上，一片片的皮肤开始脱落，他闻到了刺鼻的烟味。她的左脸颊着火了，随即是右脸颊。火苗从她嘴里喷出来，犹如从一条龙的嘴里喷出。火在她的头发里燃烧，又蔓延到她的胳膊、上半身和双腿上。

杰森吓得往后一缩。大火吞噬着她。他恐慌不已，但就在那一瞬间，他意识到这不可能是真的。凯拉消失了，他坐在那里盯着一个熊熊燃烧的怪物。大火应该把整个房间都点燃的，但是没有。只有凯拉被烧了，其他的没有，但她不再是凯拉了，而是火兽。他真的和那个恶魔缠绵了吗？

那动物直立起来，炽热的手臂向他伸过来。他又听到了从咆哮的火焰中发出的嗞嗞声，和先前他在噩梦中听到的一样，令人揪心。

Mawkee。Mawkee。

火兽向他爬来。他惊慌失措地往后退，从床上摔了下来。

他猛地醒了。

他挥动双臂。他还在床上，没有掉下去。凯拉安然睡在他身旁。现在是夜晚，漆黑一片，没有什么火。这是一个梦，另一个可怕的噩梦。

他的心怦怦直跳，上气不接下气，感到汗珠顺着脸颊流下，还闻到了肉烧焦的臭味。

杰森还能清晰地描绘出火焰，听到那可怕的声音在耳畔回响。

过了很长时间，他的呼吸才平稳下来，心率也恢复了正常。在他身旁，梦乡中的凯拉发出均匀的呼吸声。他蹑手蹑脚地走到外面的门廊，坐在吊椅上，双手抱着头。

从昨天下午起，他们就没再谈论他的焦虑。他们在马里布棕榈酒店共进晚餐，享受了一段美妙而亲密的时光。

当他们上床睡觉时，他很高兴，也疲惫了，深信能睡个好觉。但运气不佳。

他备受折磨，深感绝望。就是那第一张宝丽来照片引发了一系列事件，而这些事件在奇怪的场景和危险的路径上又生出分支。现在一切都集中在他对火的恐惧上，而这种恐惧由来已久，从他还是孩提时就开始了。

他又想起了别的事情。

有什么东西像铁拳一样打在他的身上。

第十八章　Mapeetaa

凌晨3点，杰森坐在门廊的椅子上，毫无睡意。最终，他站起身，走进书房，打开灯，来到橡木书柜前。书柜的顶层有一个盒子，是他每次搬家必带的，因为里面的东西见证了他的过去。

杰森把盒子放到桌子上，久久注视着。屋内一片寂静，这让他平静了很多。最后，他打开盒子，取出一本浅蓝色的相册，里面是他童年的照片。他把相册放在一旁，从盒子里拿出几本笔记本，还有些照片和写着字的纸片。从孩童起，他就喜欢涂涂画画。现在他在寻找儿时的旧画。找到了，但他短暂的内心平静立刻被打乱了。

许多画的主题都跟火有关：着火的房子，燃烧的树，还有炎炎烈日。

现在看着这些画，他不得不承认，自己并没有艺术天赋。这些画粗糙、抽象、幼稚。

但显然他对火的痴迷始于幼年。

在一幅画有许多坟墓的画上，可以看到一些胡乱矗立的墓碑。他把画摆放在书桌上，压平。笼罩在墓碑上的一大片红云像是火焰，中间的墓碑上刻着一个单词，是他当时稚嫩地涂鸦上去的：Mapeetaa。

这就是他刚才记起的，这幅画，还有上面这个词。

他用几根手指慢慢掠过发际，按了按太阳穴。Mawkee。Mapeetaa。

这两个词既不同，但又相似。“Mapeetaa”是25年前他自己写的一个词。

这是什么意思？这个词出自何处？

突然，杰森的脑海中浮现出克里斯舅舅的形象。克里斯从未告诉过任何人他被诊断出患有无法治愈的癌症，还隐瞒了自己因那次诊断而患上抑郁症的事实。最重要的是，他从没有说过痛苦很快就变得难以忍受。他上吊自杀了，只留下一张字条。杰森本可以提供帮助的，但克里斯拒绝一切帮助，不管是情感上的还是物质上的。现在克里斯的形象浮现在杰森的脑海中，充满活力，年轻了二三十岁。那时候，他的胡子还没有那么浓密，头发也没有那么花白，而且，要是不化妆，一点也不像圣诞老人。

克里斯的嘴唇在动，在说着什么，但杰森听不见。不过，他觉得自己知道克里斯说的是什么。那个词从杰森的记忆中一跃而出，就像海面下的海豚，奋力向上，优雅地跃入空中。

卧室里，凯拉醒来不见杰森。这是星期天，杰森通常不会在黎明时分就起床。她打着哈欠，伸了个懒腰，最终才决定离开温暖舒适的床。她翻身下床，披上一件睡袍，去找杰森。

她发现他坐在书房的电脑前，就走过去，从书桌上拿起电子钟。“星期天早上8点05分，”她假装以训斥的口吻说道，“你应该还在床上的。你这么早起床是要给我冲茶吗？”

他朝她笑了笑，“你想喝茶？好，马上就来。”

她探过身来，吻了吻他胡子拉碴的面颊，然后盯着显示屏，“你在做什么呢？”

“研究。”他回答。

“什么样的研究？”

“你这一大早就如此好奇呢。”

“那是你的错，是你让我感到好奇。”

“吃早餐时再告诉你，如何？”

“可以。”

早餐是蔬菜煎蛋卷和法式小面包，他们边吃边聊。杰森告诉凯拉，半夜醒来后他便再难入睡，还突然想到了一个新造的神秘词汇。他没有透露自己醒来的原因是因为做了一个噩梦，梦中他们缠绵欢爱，而她随后变成了火把。他还隐瞒了那幅神秘的儿童画，以及突然想到克里斯舅舅，舅舅嘴里念叨着画上的那个奇怪单词。他极力避开任何可能会让她不安的话题。

“那是个什么词？”凯拉问道。

“Mapeetaa。”杰森答道，相信克里斯也会发出同样的声调，“单词以M开头，就像照片中的那样，而且听起来也像

Mawkee。”

“你的意思是墓碑上的M既可以代表Mawkee，也可以代表Mapeetaa？ Mapeetaa是什么呢?”

“我不知道，至少现在还不知道，听起来令人费解。”

“像个印度神之类的。”

“起初我也这么认为，不过谷歌上没有关于Mapeetaa的任何搜索结果。但如果它没有任何意义，那就更奇怪了。”

“当然，它可能意味着什么。是什么呢?”

他耸了耸肩，“还要再来个面包吗?”

他递过面包篮，她拿了一个羊角面包。

“杰森，这到底是什么意思?”

他自己选了一个面包卷，切开，涂上果酱，“凯拉，我说了，我实在想不出。这就是为什么我用谷歌搜索。我必须从某处着手。”

她疑惑地看了他一眼。

“你是突然想到‘Mapeetaa’这个词的?”她问道。

“是的，就是如此。”

他是在说谎吗？一方面，他没有，因为这个词确实是他不由自主想到的，就像一件丢失的财宝突然冲上了海滩；另一方面，他不能否认自己很久以前就用过这个词了。

“可是我现在开始怀疑拼写。我想知道为什么……”他若有所思地盯着她，“也许可以有不同的拼写。”

凯拉倒了杯橙汁，“说实话，我本来希望我们暂时不必讨论这件事。”

他看得出她是认真的。凯拉从心底里想早日生养孩子，快快乐乐地过正常生活。

“凯拉，我需要知道，”他倔强地强调道，“否则我永远心神不宁，这就是我不能放手的原因。”

是的，他心中暗想，他不能放手，不管她怎么想。

早餐后，凯拉收拾桌子，杰森则回到书房。凯拉猜测他又去搜索信息了。

她打开通往门廊的推拉门，把洗碗布搭在椅背上晾晒，然后欣赏晨曦中的美景。突然屋子右方传来一声惊叫，她好奇地走到门廊的角落去看个究竟。原来是邻居艾伦发出的声音，他正拿着一根橡胶软管浇花，而管子却缠在一起了。

她微笑着转过身，回到屋里。Mapeetaa，她大声说出这个词，总觉得有种不祥的预感。

她看了看墙上的日历，上面有她写的备忘：今天早上她要和朋友西蒙娜一起慢跑。她们是在公爵夫人餐厅当服务员时认识的，从此成了闺蜜。

凯拉已把这个计划忘得一干二净。她想着给西蒙娜打电话取消慢跑，但很快打消了这个念头。在这所房子里，疑虑不安会一直困扰她，她需要解脱出来，需要新鲜空气。

不仅仅是因为杰森，她还想到了拉尔夫。拉尔夫也曾陷入死亡的困扰而无法自拔，就像现在的杰森。

拉尔夫一直把健康看得比什么都重，除了不接触不健康食品，还拒绝和吸烟者同处一室。他一心只想保持好身材，甚至一晚上没去健身房也会让他烦躁不安。有时，他会郁郁寡欢，感喟生命太过短暂。而凯拉对此却不以为然，心想，是的，我们或许只能活到80岁，但那又怎样？

但拉尔夫可不这么看问题。

“我怎么也不会活到那么大，凯拉，”他在一次病情发作时伤感地说，“那时候我早就走了。事实上，我活不了多久了。”

她一再告诉他，不要拿这种悲观绝望的论调吓唬她。后来拉尔夫的心脏骤停，她经常想起他的预言，并与有类似经历的人交谈。在这个过程中，凯拉听到了一些不同寻常的故事。马修·亨森是自助小组的一名成员，他讲了他女朋友克莱尔·辛普森的故事。

他们是典型的一见钟情，两个灵魂伴侣，命中注定有一天会相遇。他们彼此深爱，似乎没有什么能阻挡他们的幸福。他们相遇后不到五个月——他当时25岁，她22岁——便决定结婚。

这本该是幸福故事的结局，但事情发生了变化。克莱尔开始表现怪异，她需要马修一遍又一遍地告诉她他有多爱她，甚至是在一些不合时宜的场合——比如，当他开会或者和朋友们在酒吧的时候。她会给他打电话，要求确认他对她的爱。最初的几次似乎很浪漫，但很快就失去了新意。每当马修问克莱尔为什么会有这种奇怪的行为，她从来没有给他一个满意的答案，只是不断重复她必须这么做。

后来她生病了，而且不见好转，最终在医院被诊断出体内有一个快速增长的肿瘤。医生无法治愈她，并告诉她只能活三到六周。结果，她只活了五天。

马修悲痛欲绝。在克莱尔去世前的最后那段时间，他经常和她说话。他们说了所有该说的话。

凯拉问马修，克莱尔是否预感到了自己的死亡。

马修点了点头。马修说，在她生命的最后几天，克莱尔告诉他她爱他，但“他”总是更强壮。马修问克莱尔她说的“他”是谁。

凯拉永远不会忘记马修告诉她克莱尔接下来说的话。

我必须回到上帝那里。他想让我回去。

这话证实了克莱尔知道自己活不了多久。

和拉尔夫一样，克莱尔也是年纪轻轻就去世了。

但是如果拉尔夫的心脏病被及时诊断出来呢？那将会怎样？

一切都会好起来吗？或者他会死于别的什么原因？

同样的问题也适用于克莱尔的癌症。她这么快就“回到上帝那儿”真的是不可避免的吗？如果她的癌症得以治愈，她还会死于其他疾病吗？

凯拉悲观地认为，既然生命是有终点的，所以我们最终都会死去，只是她一时还无法接受死亡可以预知的观点。从那以后，每当身边有人去世，拉尔夫死去的旧伤就会再次在凯拉身上撕开，令她悲痛欲绝。

还有一件事她深信不疑，那就是向死神发出公开邀请的人是在冒不必要的危险。

在拉尔夫死后的最初几个月里，她就有这种可怕的感觉，直至今日也挥之不去。

是上帝在克莱尔·辛普森英年之际召唤她的吗？

上帝会做这样的事吗？

她拒绝相信。上帝根本不可能顾及每个人的生死。

如果有医生及时发现拉尔夫的心脏瓣膜有问题，他的死原本是可以避免的。如果克莱尔的癌症早被诊断出来，她可能还活着。这就是凯拉简单而又务实的推理，她对此坚信不疑。其他一切都是胡言乱语——迷信、不可思议的胡言乱语。

更糟的是，凯拉认为她可能要为拉尔夫的死负部分责任。要是她让他定期体检就好了。她本可以让他去看医生，医生本可以把他介绍给专家，然后……

那样拉尔夫就会活下来，她就会嫁给他，她生命中也就不会有杰森了。

想到这里，她叹了口气，这也不是她第一次叹息了。无论她没有采取行动的后果如何，她不能否认她从未坚持让他去做体检，因为他的健康状况一向极好，所以她对他那些消极言论半信半疑，更准确地说，甚是怀疑。

虽然她明白自己不应该受到责备，但还是感到有些内疚。她本可以做得更多，但她没有。

现在是杰森又遇到了种种状况。那些照片神秘兮兮，他的噩梦令人不安，而燃烧的人形更是可怕而诡异。自从发现了那三张照片，她自己也陷入噩梦之中。她所期盼的是，醒来迎接崭新的一天，晴空万里，没有黑暗。难道这种要求真的奢侈吗?

她靠在厨房的操作台上，身心俱疲。

也许和西蒙娜一起跑步后，她的心情会好些。现在，峡谷景观房更像是一座坟墓，而不是一个家。

凯拉出去跑步后，杰森又回去研究“Mapeetaa”和“Mawkee”这两个神秘的词到底是什么意思。

他心不在焉地回忆起他们的朋友罗丝·萨拉迪去世时的情景。葬礼之后，凯拉好几个星期不出门，他想方设法安慰她，可根本没用。有一天，他极力劝她，说无论罗丝死得多么悲惨，她都不应该如此沮丧，结果引得凯拉暴跳如雷。*杰森·埃文斯，你不能左右我的感受！*她朝他喊叫，还把两个瓷杯砸向墙壁，摔得粉碎。从那以后，每当谈论起死亡的话题时，杰森总是小心翼翼，并渐渐明白了凯拉为何会有如此过激反应。罗丝只有33岁，而且是死于非命。

杰森一边用手指敲击书桌，一边远眺窗外的峡谷，看到山峰被染上了悦目的蓝灰色。他又扫视了一下房间，目光落在一株漂亮的绿植上，那是唯一能使这幽闭的空间充满活力的东西，但复杂的拉丁名称杰森记不起来了，所以他干脆称之为芦苇。

然后他看向电脑屏幕。

输入：mawkee。

一下子出现几千条搜索结果。他快速翻看网页。Mawkee是一个纽约人的名字，一个阿拉伯人的名字，一条河的名字，还是一首歌的名字。他点开一些链接，但没有发现任何有意义的东西。

他尝试输入其他拼写：mapitaa。

谷歌不识别这个单词。他又输入：mapita。

这个单词有4 130个搜索结果，大部分来自西班牙语网站。他点击了几个。显然，Mapita是阿根廷的一个山区，同时也是西班牙的一个地区，在几内亚还有一个称为Mapita的地方。谷歌还搜索出一家同名的制药公司。

杰森长叹了口气，还是一无所获。

Mawkee。Mapeetaa。Mapitaa。Mapita。M。

现在该做什么？

他拿起桌上的照片，仔细研究，特别是最后一张。他盯着照片上的字母“M”，就像一个魔术师盯着礼帽，而兔子呼之欲出。

他尝试各种各样的发音，甚至有的只是与“Mapeetaa”的发音稍微相似。他突然愣住了，某种东西从潜意识深处冒了出来。

不是Mapeetaa。

杰森站起来，在书房里踱来踱去，然后又坐下，输入：mount peytha（佩塔山）。

他点击“回车”键，显示出20万个与佩塔山市相关的结果。他知道这个亚利桑那州沙漠中的小城，与内华达州交界，去年，他和凯拉在去拉斯维加斯和大峡谷时，从那边路过。它位于通往拉斯维加斯的15号州际公路和通往弗拉格斯塔夫的40号州际公路之间。他们曾从小城边缘驶过，但没有停留，所以杰森并没有真正去过那里。

他点击第一个链接mountpeythacity.com，官方网站出现在屏幕上，有来自当地政府的信息、一个旅游链接、机场、周边地区全景照片等。他在网站上点了一下，心想，是这个吗？

他有一种强烈的冲动想去那里，仿佛脑海中有个声音在大喊：是的，就是这个地方。

M。Mawkee。Mapeetaa。Mount Peytha。虽然它们在发音上有相似之处，但显然不是一回事。

他咬着下嘴唇。

佩塔山市。这是个什么样的地方？那里发生了什么？

但另一种想法却在他狂热的思想上泼了一桶冰水。

等等，你从来没去过佩塔山市。

是的，他没有去过，只是听说过，仅此而已……也许是在18岁的时候，他和比尔·哈勒曼在犹他州参加聚会。当然，除了参加聚会，他还干了别的事情——他脑海中竟莫名地闪过一个叫索尼娅的姑娘，还有她那丰满迷人的樱桃红唇。她姓什么来着？

杰森努力回忆，但无济于事。或许她当时根本就没有告诉过他。

也许他第一次在地图上注意到佩塔山市，就是他和比尔在犹他州度假的时候，尽管他确信自己从未真正去过这个小城。

但是现在这个小城的名字像是牵引着他必须去那里。他下意识地想去拿车钥匙。

他抓住了椅子的扶手。

那地方发生了什么？你这是怎么了？

他用手捂着脸，拼命地想在混乱的思绪中理出头绪。

我要去佩塔山市。

这种感觉依然存在。但是为什么呢？

因为我需要在那儿找到一些东西。

这看似有道理。他又拿起小时候的画，燃烧的坟墓，一块墓碑上写着“Mapeetaa”。

天哪，墓地就在那里吗？

他的脑袋仿佛要炸开。此前，他还一直以为墓地可能在世界上任何地方。

但随后，常识开始发挥作用。他真的以为自己知道吗？或者只是他希望如此？或者是他在胡思乱想？他不知道，只觉得自己是一个木偶，被木偶线拖进了一个大漩涡。或许这是某种顿悟。如果……

如果他在佩塔山市发现了墓地甚至第三张照片中的墓碑，那会是怎样的情形？在现实中，可能会有一块没雕刻“M”的墓碑，上面写着死者的名字。那会是谁的名字？

你死了。你以为自己还活着，其实你并不存在。

这可能表明……

我的名字就在那块墓碑上。

他相信自己已经触及了一个奇妙的启示，但这种想法来得快去得也快。他又回到了起点，因为这太荒谬了。他还活着。如果由他来决定，他还会活好多年呢。

另一种解释开始浮现。

杰森任凭这种解释慢慢浮现，直到形成一幅更清晰的画面。

他深吸了一口气，站起身来，双臂交叉，紧紧抱在胸前。因为胃疼得厉害，他跑到外面，靠在门廊的栏杆上，一阵恶心。过了好一会儿，他的恶心才有所减缓。

他抬头望着清澈湛蓝的天空，阳光在他眼里闪闪发光。他没有转移视线，而是任凭空中的白光让自己感到头晕目眩。

突然，杰森明白了他是如何可能已经死去了。

第十九章　计划

凯拉4点半才回到家。和西蒙娜跑完步后，她心情舒畅，顺道回了娘家一趟。她看上去比早些时候平静了许多，也似乎找回了以前的自己。

过去的几个小时，杰森一直在厨房里，这是他在室内思考时最喜欢待的地方。他一边做烤鸡、煮土豆、切蔬菜做沙拉，一边思考。凯拉进来时，他正在做巧克力甜点。

看到他准备的美味佳肴，她双眼闪闪放光。听到他提议在就餐前先洗个鸳鸯浴，她不禁笑出声来。

“好啊，亲爱的。”她兴奋地说。

他把浴缸放满热水，又开了瓶酒，这次可不便宜，是从法国进口的上等夏布利酒。舒舒服服地泡在热气腾腾的水中后，他向她举起酒杯。

“谢谢你，”她说，“为何对我关爱有加？”

“因为我爱你。”

“我也爱你，杰森，但请告诉我这不同寻常待遇的真正原因。”她一只手端着酒杯，另一只手拿着香皂在乳房、肩膀、脖子上游走，同时，像其他更亲密时刻那样叹了口气。

“真正原因？”他坐在那里看着她擦抹香皂，感到腰部激起熟悉的冲动，“你认为我有不可告人的目的？”

她扫视了一下他的身体，“现在已经公开了，不是吗？”她微笑着抬起头，“我没多想，杰森。我知道你有不可告人的目的，我太了解你了。”

他上一次用这种方法达到目的是在不久之前，当时他们不能就去哪里度假达成一致意见。她想去探索加拿大的喀斯喀特山脉，而他更喜欢犹他州。但上次洗过鸳鸯浴、吃过晚餐后的决定是，今年去犹他州，第二年去加拿大。随你怎么哄骗我，但就这么决定吧，她说。

“我就那么容易被你识破？”

“杰森，我洗耳恭听呢。”

他点了点头，开始平静地告诉她自己是如何看待佩塔山市的。也许那个奇怪的“Mapeetaa”是他搞错了，虽然他从来没有去过佩塔山，但现在他有一种强烈的冲动，想去看看这个沙漠小城，也许在那里会找到一些有价值的东西。

“比如？”

他清了清嗓子，“这个词并不是我突然想到的。”

他平静地把那幅儿童画的事告诉了凯拉，看似小事一桩。她让他说完，但脸上的表情并不友好。

“换句话说，”他总结道，“Mapeetaa可能指的是佩塔山市，而第三张照片中墓碑所在的墓地可能就在那里。”

她用手掌拍打着浴缸的边缘，一片片泡沫飞了起来。

“所以现在我们又有新东西了——那幅画。你这个人还是隐藏秘密了，杰森·埃文斯。”

“没必要告诉你的，又不是你知道了会开心的事。”

“着火的墓地？是不开心，多谢啦。”她愠怒道。

杰森擦去鼻子上的泡沫。

“但你当然是对的，”他说，“我必须摊牌，我这就说。”

凯拉抱怨道：“好吧。假设，只是假设你说的关于佩塔山的事是对的，你觉得你会在那里发现什么？”

“希望是这个特别的坟墓，就像我说的那样。”

她越过他，俯下身去，小心翼翼地把酒杯放在瓷砖地面上。这些天来，他都没有看到她眼睛里那种令他无法抗拒的动人神采。

“那你觉得那个坟墓有什么重要的？”

杰森知道自己如履薄冰，这可不是凯拉想讨论的话题，但他需要她的支持，不希望前行路上没有她的陪伴。

“如果你仔细看看照片上写的是什么，”他谨慎地说，仿佛正穿过布满玻璃碎片的地板，任何失足都会造成痛苦，“那我就可能解释了。我也许会错，但这种解释是有可能的。如果我们什么都不去想，那将一事无成。我确实想到了一些事情，所以请保持开放的心态，听我说。”

“我听着呢。”她冷冰冰地说。

“前世。”他说。

她睁大眼睛。他没再说话。

“这太牵强了。”她说。

“凯拉，请容我说完。”他继续说，“这在恐火症病例中并非闻所未闻。相信我，在过去的20年里，我读了很多关于恐惧症的资料。今天我在网上找到了更多这样的故事。其中一个故事是关于一个八岁的男孩，总担心他家房子会被烧毁。概括而言，我的人生就是如此。哪怕有人点燃蜡烛，这个男孩也会变得焦躁不安，但是他接受了回归疗法，在治疗期间回到了前世。前世中那年他12岁，他描述了一座木屋。一天晚上，他醒来闻到了烟味，房子着火了。那个男孩，或者当时的孩子，想要出去，但是出不去，被困在火里烧死了。这次治疗之后，男孩知道了他的焦虑从何而来，这让他的焦虑从此消失了。”

杰森停顿了一下。

“另一个故事来自一位母亲。她五岁的儿子一直说‘以前，他长大的时候’。那个孩子叫泰勒，说他‘以前’——也就是前世——叫道尔。有一次，母亲让泰勒坐下来说说此事，他描述了一个战场，战场上，有人向他们开枪。”

杰森目不转睛地盯着凯拉。

“泰勒趴在地上，做出正要开枪的姿势。他向后伸直左腿，收拢右腿，说他的‘手指勾着枪环’，也就是手枪的扳机。之后，他被‘射中翅膀’，就是被子弹击中。他痛苦不堪，心跳加速，恐惧几乎令他窒息。这时，那个结束了他前世生命的士兵来了。‘我的手指还在枪环上，但这个男人向我走来。我想动，但是太疼了，他朝我开枪，然后我就死了。’泰勒说。当母亲问他死后发生了什么事时，他高兴起来，‘然后我在你的肚子里，我的心脏又开始跳动了。’”

杰森喝了一小口酒，润了润干渴的喉咙。

“由于泰勒不能提供日期和地点，他的母亲去咨询了一位回归疗法专家。他认为泰勒可能是1880年左右墨西哥边境冲突期间的一名士兵。泰勒，也就是道尔，可能是一名与叛军作战的政府军，但叛军的势力强大，当时被低估了。此段记忆给泰勒留下了不少焦虑。他的母亲说，只要有一个人迫近另一个人，她的儿子就会害怕退缩。她想这可能与他还是道尔时被杀的方式有关。他被困在地上，惊恐万分，痛苦不堪，只能躺在那里等待不可避免的最后一枪。”

他看着凯拉说：“谁知道呢，也许就那么简单。如果转世是真的——数十亿人认为如此——那么有可能我也有前世，而且可能死于一场火灾。”

凯拉把头靠在浴缸边，吹掉手上的肥皂泡。

“你不会真相信这些事吧？”她终于问道。

“我可从来没说过那样的话。我知道你不相信。”

“没错，为什么我们要开始谈论前世的话题？谁说这里没有其他实实在在起作用的因素呢？心理学家会怎么看待？马克会怎么说？”

“我希望你心态开放，一切皆有可能。”

“抱歉，我是一个怀疑论者，不能张开双臂接受我认为纯粹是胡扯的东西。”

“这是最简单的办法，凯拉。”

“你也在这么做呢。”

他沉默不语，没有反驳。他不想把这变成一场争论。

“我承认我的理论有漏洞。”他说。

她瞪着他，“那就说说看。”

“没有那些照片，我们就不会有今天的谈话。但是拍摄者怎么知道我有前世呢？他怎么知道我确切的死亡日期？不可能的，我毫不相信。”

“因此，没有前世？”凯拉有所希冀地问道。

“我还没说完。”

“哦。”

她无法掩饰语气中的失望。

“这是我唯一的理论，还没有准备全盘否定。我仍然想去佩塔山市，亲自去看看那个地方。”

“我就知道你想从我这里得到些什么。”她说。

他有些尴尬地闭上了嘴。

她继续说：“你要我和你一起去。若非如此，或是你不想让我跟着，那无异于离我而去。”

“你反应过激了，凯拉。我不会离开你，那是我最不愿意做的事。是的，我就是想求你跟我一起去。”

她怒视着他，“我还有选择吗？无论如何，你都要去。如果我不跟着你，我会感觉更糟。”

凯拉盯着杰森脑后的墙壁，沉默了一会儿。

“但我有一个条件。”

“说吧。”

“去佩塔山市之后，如果噩梦不断，你就回去找马克。不过，要是你忘了这些乱七八糟的事，噩梦也许会消失。噩梦消失过的，记得吗？现在只是因为那些照片，是吧？我倒希望你能静观事态，什么也不做。不管那个混蛋拍摄者是谁，现在已经消停了。也许你说得没错，这并不是对你生命的威胁。谢天谢地，他现在按兵不动，所以我们也完全可以这样。”

“静观事态，什么也不做，我们将一事无成，凯拉。况且8月18日可能会有什么事发生。”

“有时候，如果你忽视问题，问题就会消失。你不止一次这样对我说过。”

“你这是在以其人之道还治其人之身。”他抗议道。

“我们现在的问题是什么？”她继续说道，“有人说你死了，真是荒谬至极。尽管如此，你还是想去找那个墓地……”

她抬头望着天花板，似乎谜底就在那里，“我该怎么解释呢？我担心你可能捣了马蜂窝，结果不堪设想，可能会引发一些可怕的事情。谁知道呢？我想继续我们的生活。继续前行就好了。你能保证你会尽力吗？”

“当然，我会尽力。”

“向我保证。”

“我……”他凝视着她满是乞求的蓝眸。

“我保证。”他说。

她把头靠在浴缸的边缘，秀发被白色泡沫包裹着，“你以前真的没去过那个小城？”

“没有。”

“嗯，我觉得这一切都很奇怪。”

“我也觉得奇怪。”他坦言道。

“你想什么时候去？”

“很快，明天不行的话就后天。”

“如何安排工作呢？”

“我们休假三天，但不排除可能需要四天。如果需要，那就连上周末。”

“你真是心急如焚。”

“凯拉，”他平静地说，“我不能再拖了。”

她叹了口气，“行程怎么安排？”

“三天。一天开车去那里，第二天四处看看，第三天回来。如果需要，这周剩余几天都请假，那么周五就是我们的缓冲时间。”

凯拉审视着他，“这就是原委？你今天下午除了编造一些不可思议的理论和做晚餐之外，还有别的事吗？”

“罪名成立，”他承认道，“我一直在互联网上搜索关于佩塔山市的信息。显然，这是个迷人的地方，有很多水上运动，就在科罗拉多河和莫哈维湖的右边，内华达州劳克林附近。人们把那个地方叫作小拉斯维加斯，而且……”

杰森咳嗽了一声，“而且有一个大墓地。我有那儿的地址，但我不知道墓地的样子，因为没有墓地的网站，殡仪馆方面也不能给我描绘一幅清晰的画面。”

她突然直起身子，“殡仪馆？”

“是的，”他不好意思地盯着她，“我本来打算说此事的。今天下午我给克莱阿布维尔殡仪馆打了电话，我在黄页上找到的。我跟殡仪馆馆长说，我正在研究家族史，我的基因研究需要我到佩塔山市，希望能在那里找到一位亲戚的坟墓。他给我的印象是，他总是接到这种电话。”

“杰森，别拐弯抹角了。”凯拉告诫道。

“好吧，”他说，“我已经和他约好了，他会在周三上午11

点等我——等我们。”

“天哪，你真是一直没停着呢，”凯拉挖苦道，“周三？那就是说，是的，我们必须在星期二出发。你想问他什么？他叫什么来着？”

“克莱，查克·克莱。这是一个家族企业，他说过正在培训儿子。我不知道该问他什么。我想我们应该先看看墓地。也许我该在到达那儿之后再给他打电话，但事情已经这样了。”

“就这些？”她问道。

“基本如此。”

她点了点头，“所以这一切可能会在周三结束，你会完成你的调查，我们的生活可以继续。”

她说这些时，肢体语言更能说明问题。他把两只手放在浴缸边上。

“你根本不相信，是吧？”

她摇了摇头。

“听着，”他继续说道，“8月18日之前我可能还有一些事情要做，也许去佩塔山市只是个开始。我可以向你保证各种各样的事情，但是我只有几个星期的时间了，不知道会有什么结果。凯拉，我需要你的支持，该死的。”

他一说出最后难听的话，立刻后悔了。

她又摇了摇头，“我跟你一起去，我支持你，也会很乖。但在我们冒险去你的这个陷阱之后，这种胡言乱语就到此为止，你得回到马克那儿。如果有新的威胁，你也可以报警。你要是爱我，就听我这一次。”

她语气坚定，杰森知道她是认真的。

凯拉设置了底线，如果他越线，后果只能自负。

他突然意识到，也许是一个声音在他耳旁低语，他会失去她，他会失去他所拥有的一切。

他试图驱散耳边的低语。

他猛然惊醒，瞥了一眼电子闹钟上闪烁的红色数字——凌晨2点12分。他的脑子混乱不清。凯拉在他身旁睡得正香。

杰森起床，来到门廊的椅子前坐下。他什么时候才能再睡个好觉呢？已经好多天了。等到头脑终于恢复平静，他凝视着外面温柔的夜色，听着蟋蟀和其他夜间动物熟悉的叫声。

一切都变了。在杰森看来，他过去的生活已经结束。

他正站在新生活的门槛上。

第二十章　佩塔山市

出发的前一天，也就是周一，凯拉安排好了三到四天的假期。杰森这边，虽然老板对他的请假颇有微词，但根据劳动合同，他还是请到了几天假。

路程不到300英里。他们通过10号和15号州际公路，来到径直穿过闷热的莫哈维沙漠的40号州际公路。经过尼德尔斯镇后，沿着59号高速公路再行驶20英里就到佩塔山市了。他们在一个叫勒德洛的小镇吃了午饭。除了一个破败不堪的加油站和一个摇摇欲坠的小杂货店——店门口有一个牌子，上面写着“若不在此购物，你我俱损！”——勒德洛的特色就是温蒂汉堡、肯德基炸鸡和沙漠休闲牛排餐馆。凯拉和杰森选择了牛排餐馆。饭后，他们继续驱车前行，穿过闪着光亮的柏油路，经过一片被烈日暴晒的土地，那里有沙漠沙、干旱的灌木和仙人掌、摇曳的芦苇草、爆裂的卡车轮胎、垃圾堆，还有一个又一个紧靠路两边的拖车停车场。

“你从网上了解了多少佩塔山市的情况？”凯拉问道。

“19世纪，一位名叫戴维·劳雷尔的拓荒者来到这里。”杰森解释说，“他起先开了一家邮政公司，然后在诸多行业拓展。出于这个原因，当地人开始称此地为劳雷尔维尔，戴维对此非常满意。”

“谦虚之人呢。”她评论道。

“猜你会这么说。那时候，劳雷尔维尔主要受到探矿者的欢迎。”杰森继续说，“很明显，这一地区有不少废弃的金矿。但好景不长，所剩无几的黄金被开采殆尽，探矿者只得转向其他领域。他们带走了这个城市的生命线，此地就变成了一座废城。那是20世纪初的事。巧合的是，旧墓地是劳雷尔维尔仅存的遗迹，和后来的新墓地毗连。”

“听起来不错，结婚旅行的好地方。”

“也许是风滚草生长的好地方。”杰森说完这话，不禁轻声笑起来，然后继续说，“最终，由于莫哈维湖上修建了一座大坝，劳雷尔维尔以佩塔山市的名字出现在地图上。1942年始建，但因适逢二战，1953年才完成。半个世纪以来……”

说到这儿，杰森的喉咙似乎被一只冰冷的爪子攫住，他一时难以呼吸。

半个世纪以来，劳雷尔维尔已经死去，虽然人们觉得它还活着，但它已不复存在。50年后，劳雷尔维尔转世，成为现在的佩塔山市。

“杰森？”凯拉问道，“怎么了？”

“没什么，”杰森恢复了常态，“半个世纪后，”他继续说，“人们建造了这座新城，你猜得没错，它是以当地山脉的最高峰命名的。起初，它只是一个村庄，但到了1980年，人口已涨到2万，现在则是近4万人。根据互联网上的信息，市政府计划在15年内把全市人口增至10万。他们希望通过加大旅游和休闲宣传来实现快速增长。更重要的是，他们希望从劳克林赌场度假村中获益，该度假村位于内华达州边境几英里之外，看似这次是赌定了。”

“聪明，故意用的双关语？”

“那当然。”他朝她笑笑。

“继续。”

杰森清了清嗓子，“劳克林也以其创始人的名字命名。20年前，劳克林乘坐私人飞机经过此地，认为这里是开设赌场的绝佳地点。他从一家小旅馆起家，现在小城有11家赌场，这也是佩塔山市拥有机场的原因。”

“所以从某种程度上说，过去那些追逐财富的人又回来了。”凯拉说，“只是现在这些人更满足于老虎机，而不是在河床上淘金。”

“可以这么说。”杰森说，“那里也是美国最酷热的地方之一。夏天，气温每天都远远高于100华氏度，即使在冬天也有60或70华氏度。这也是为什么越来越多的北方雪鸟飞到那里过冬。”

“你说的主要是旅游景点，有什么好玩的吗？看仙人掌？”

“你真是穷追不舍，”他笑道，“事实上，有各种各样的事情可以做。”

“比如？”

“在山里远足、去老矿井、牛仔竞技、水上运动等。这里不仅风景不错，而且为不同年龄段的人提供了有趣的活动，即使是抱有怀疑态度的凯拉一家也能各得其乐。”

“你呀，不愧是干广告这一行的。”她说。

他斜视了她一眼，咧嘴一笑。她终于能开开玩笑了，不管这玩笑中带有多少冷嘲热讽。不过话说回来，在过去的几天里，他也一直闷闷不乐。

“我忘了，你还可以乘坐老式的内河船，”他说，“此外，佩塔山市是个钓鱼的好地方，各种活动一个接着一个。对很多人来说，这里就是天堂。”

而我要去那里参观墓地。

他脸上的笑容消失了。凯拉注意到了这一变化。车子继续向前，她陷入了沉默。毫无疑问，杰森沉思着，她也在想同样的事情。

下午晚些时候，他们驶出59号高速公路，驶进佩塔山市。银蓝色的科罗拉多河从他们的视野中消失了，不远处，他们看到路边成排茂密的灌木丛和椰枣树，而远方是平顶山——徒步、攀岩和登山的胜地。接近小城，他们看到周围到处是带花园的房子，花园都是精心打理过的。佩塔山市是一个由白色平房、白色豪宅和位于便宜地段的白色小屋子组成的城市。

“怎么样？你能认出什么吗？”凯拉问道。

他环顾四周，摇了摇头，“没有。”

“你以前没来过吗？”

“没有，我对着《圣经》发誓，我没来过。”

“除了你内心深处的那种冲动，难道就没有其他原因让你想来这里吗？也许是因为你从报刊或书中读到过这个地方？或是可能有人告诉过你？”

杰森耸耸肩，“当然，我有可能和某个提到过这个小城的人谈过，但这是我第一次来这里。”

“有什么感触吗？”

“没什么感触，真的。不管怎么说，现在没有。”

他们要做的第一件事就是找一家汽车旅馆。没过多久，他们就选择了佩塔山客栈，一家坐落在高速公路附近的标准假日酒店型汽车旅馆。前台接待员是一个瘦削的西班牙裔年轻男子，他一边看着杰森填写入住登记表，一边不停地抬头看角落上方的小电视机，电视里正在播放脱口秀节目。他摸了摸身后木板上的一串钥匙，给他们安排了9号房间。几分钟后，杰森和凯拉就来到一个宽敞干净、没有异味的房间，放下行李。

“我们现在做什么？”凯拉问。

“冲个澡。”杰森建议。

“赞同，但冲完后，天完全黑下来还要一两个小时。你是打算今天下午去看墓地，还是明天和克莱见面之前去？”

他挠了挠耳根，“我想听听你的意见。”

凯拉双手叉腰，“杰森·埃文斯，来这里可是你的主意，所以不要……”她不屑地挥了一下手，“算了，我最不愿意互相指责。既然你问我，那我觉得我们应该马上开车去墓地，把事情了结了。”

“那就这么做，”他说，“但是我得问问路，我只有地址。

我敢打赌前台的那个家伙知道。”

“我建议你冲完澡后去问他，我先洗漱一下。”

杰森很快冲了个澡，然后来到前台问接待员去圣詹姆斯公墓的路怎么走，还顺便问了如何去克莱阿布维尔殡仪馆。杰森打听这些时，接待员皱了皱眉头，但没有问任何问题。

回到房间，在等待凯拉洗漱时，他不由得紧张起来。很可能是因为他们现在就在佩塔山市，很快就去墓地的缘故。

如果圣詹姆斯公墓和照片上的墓地一样呢?

他思考了片刻。

若果真如此，那真相很快就会大白了。

但我希望知道真相吗?

真奇怪，他想，他现在竟然开始怀疑了。他记得凯拉建议他们应该忘记这整件事的。

但我必须继续，不是吗? 有回头路吗?

杰森从文件夹里拿出那三张照片，又仔细看了看，依然没有什么新发现。

第二十一章　圣詹姆斯公墓

凯拉从浴室出来，长发湿漉漉地披在肩上，身穿一件无袖白衬衫和一条及膝的棕色裙子。她跟着杰森来到外面，手里拎着一副雷朋太阳镜。

驾车穿过市中心时，杰森注意到路人行色匆匆，忙着今天最后一次购物。他们通过一长排市场摊位，卖明信片、地图、相册的，还有卖各种小玩意儿的——扑克牌、迷你儿童老虎机、大块的假黄金，甚至还有炭灰色平底锅，就似早前淘金者从当地河里淘金用的那种。

尽管酷热略有减弱，但还是克莱斯勒车里空调吹出的冷风让人舒服。

前面是一个购物中心，有多层商店和餐馆，旅游业确实是这个沙漠小城的支柱产业。

他们按照打听来的路线，驱车前往圣詹姆斯公墓，根本无暇购物观光。一块正方形的黑色招牌上用凸起的金字写着墓地的名字。招牌后面是停车场，再后面是一排橄榄树，中间是一条通向墓地的狭窄水泥路。

杰森慢慢把车停下来，熄了火，“我们到了。”

“没错，”凯拉说，“不要磨磨蹭蹭了，这就去看吧。”

他们下了车，朝水泥路走去。橄榄树后面就是广阔的墓地，杰森不禁打了个寒战。

几分钟后，他发现不到50码远的地方有一个金字塔形状的庞然大物，在夕阳下显得分外壮观。似乎这证据还不够，他还认出了同照片中一样的一排小树，还有同样的墓碑和同样高高的杂草。

一种不可名状的感觉。他现在知道为何他刚才打了个寒战。

因为我知道我在这儿，我在内心见过。

最重要的是，他无须任何人的帮助就找到了照片中的墓地，他早已把这些信息编入了大脑。他不确定这意味着什么，但此时此刻他太激动了，没有多想。

他快步走向金字塔，凯拉紧随其后。走到那里，他看到黑色大理石上刻着一行字：向那些先我们而去的人致敬。显然，这不是坟墓，而是纪念碑。在它旁边是照片上没有的长椅。杰森绕着金字塔缓缓转了一圈，直到看不见长椅才停下来。

第二张照片显然就是从这个角度拍的。他努力去想这是怎么回事。

门在哪里？

他看不见门，刚进来时的入口和第一张照片上的那扇门根本不像。他以后还会为此焦虑，但现在他想到了另一件事。

“坟墓在哪里？”杰森大声问道，“在哪里呢？”

他从文件夹里抽出第三张照片。

叠加上的字母M在光滑的灰色石头背景中显得格外醒目。

该死，这是一条信息，一把神秘的钥匙，一个密码。

他要找的坟墓应该就在这儿，就在附近。

近在咫尺。

杰森继续往前走，灌木丛之间是一排排的墓碑和十字架。凯拉看上去很紧张，就像一个孩子在诊室等着注射流感疫苗。她曾非常严肃地说过自己最怕墓地了，但她现在什么也没说，只是站在那里，静静地看着仔细搜寻的丈夫。

杰森走得很慢，目光不停地在眼前的坟墓和第三张照片上的坟墓之间来回扫视。他越来越绝望，不知道如何才能认出那块墓碑。所有的墓碑看起来都一样，都是同样的砂岩材质。

照片中字母M下面的墓碑有些不规则，布满苔藓和裂缝，但在圣詹姆斯公墓的数百块墓碑上，大多数都能看到被侵蚀的痕迹。杰森多么希望这张照片上能有姓名，而不只是一个图案，因为这个图案提供不了任何帮助或线索。没有墓碑的大图，要找到墓碑是不可能的。

凯拉开始和他一起找。他们走过一排五块看起来一模一样的墓碑。

杰森跪下来，也没仔细考虑，就检查起这些墓碑，看是否与照片中的墓碑有相同的侵蚀痕迹。但他很快意识到，拿照片与道格拉斯·韦伯的坟墓进行比较没有任何意义。另一块墓碑上刻着埃伦和索尼·博尔奇的名字，再下一块上的名字是林奈尔·汉森。

杰森仔细检查着一个个坟墓。他不是轻言放弃的人，但是这个问题太难解决了。他继续仔细检查一块又一块的墓碑，因为他觉得自己需要做点什么。这就像大海捞针，但他无法控制自己。

照片上的墓地可能不再是一个谜，但墓碑仍是。如果找不到墓碑，此次之行依然徒劳无功。

凯拉先是茫然地跟着他，后来决定从另一个方向出发，独自搜寻坟墓。她很可能在质疑这么做的意义，杰森心想，但这不能怪她。

不要放弃希望，他坚持着，*不要放弃*。

暮色渐浓，很快他将不得不放弃。

当跪在詹姆斯·韦斯的墓前时，他感到一阵头痛，于是停下来按摩太阳穴。

突然，墓碑裂开，火苗从地上喷了出来，而且火苗里有一具骷髅，身上各窍都燃着火，整个尸骨被一层橙黄色的火焰包裹着。

“到这儿，”骷髅用刺耳的声音说道，“过来，杰森，过来！”

他盯着燃烧的幽灵，而幽灵似乎狰狞地对他咧着嘴坏笑。詹姆斯·韦斯，不管是谁，正向杰森靠近，试图抓住他。

杰森连忙后移，闭上眼睛，摇了摇头，以驱除恶魔，然后睁开眼睛。墓碑依旧在那里，没有裂开，没有从坟墓里冒出的火苗，也没有骷髅。

“天哪，”他咕哝道，“天哪，那到底是什么鬼东西？”

“怎么了？”凯拉在不远处喊道。

他浑身发抖，像被电击了一样。

“没什么，”他回应道，“希望没事。”

或者我刚才像诺姆·莫兰一样精神失常了。

如果他神志清醒，他刚才究竟看到了什么？

没什么，什么也没有，仅是幻觉。因为你一直承受着巨大压力，而压力能让你看到不存在的东西，仅此而已。

可能吧。他祈祷情况就是如此，祈祷脑子里的幽灵能够离去。

他们一直在圣詹姆斯公墓待到最后一抹晚霞从地平线上消失。刚发现来到了正确的地方，他既觉得不可思议，又兴奋不已，可还不到两个小时，他又陷入失望的深渊。

他们没有找到要找的坟墓，即使是与它擦肩而过。

“我想我们该走了，凯拉，”他沮丧地说，“在这里也没什么可做的了。”

“好吧。”她说。

他们开车回到小城。在牛排餐馆吃晚餐时，凯拉首先打破沉默，“杰森，我们远道而来，现在不能放弃。”

他惊奇地看着她。如果由她决定，他们就不会来这里了。他知道她多么憎恨死亡，因此也憎恨墓地。然而，他们在寻找一座实实在在的坟墓，甚至可能是一座墓碑上面刻着他名字的坟墓——如果他关于前世的理论多多少少是真的话。现在她不顾自己的忧虑来安慰他。

“你这样说真是太好了。”他看着她的脸，想寻找什么迹象，“你怎么样？”

“不知道，”她低声道，“这很可怕，而且持续时间越长，似乎就越没有意义。”

她瞥了一眼从邻桌旁站起来的肥胖男子，看着他溜达过去，愉快地向女招待道了一声晚安，然后轻轻走出门去。

那位女招待给他们端来牛排，并祝他们胃口大开。杰森拿起刀叉，边吃边沉思。

也许那位拍摄者是唯一能告诉他坟墓确切位置的人。它应该就在圣詹姆斯公墓里。

如此接近，却又如此遥远。

第二十二章　查克

杰森按响了殡仪馆的门铃。应门的是一个瘦高的年轻人，穿一条及膝的短裤和一件肥大的花哨衬衫。杰森自我介绍后，说与查克·克莱有约。年轻人点点头，让他们进门，然后去叫查克。

不一会儿，走来一个50多岁的男人，身穿牛仔裤和白衬衫。

“早上好！我是查克·克莱。”他招呼道。

杰森伸出手，“我是杰森·埃文斯，这是我的妻子，凯拉。谢谢你能见我们。”

查克和他们握了握手，引领客人进入接待室。接待室里摆放着枝状大烛台和蜡烛，地面铺的是深色地砖，墙壁镶有深色瓷砖，很适合殡仪馆庄严肃穆的氛围。穿过接待室，查克带他们从一扇侧门来到一间小办公室，那里有一张书桌和一个文件柜。杰森注意到书桌后面的墙上挂着一幅抽象画，画上布满黄色、红色、绿色和黑色等弯弯曲曲的线条，让人眼花缭乱。查克请他们在椅子上坐下，自己则在书桌后面落座。

“我能帮你们什么吗？”他亲切地问。

杰森重复了之前的话，说来这里是因为他的宗谱研究。昨天晚上和今天上午，他一直在努力思考能问查克些什么，但也没想出多少。他可以向查克要一份死者姓氏以字母M开头的名单，但这没有什么意义，因为至少有几十个，也许几百个，而且不能保证这些名字中有能提供线索解开这个谜团的。

他还能问查克另外两个名字：“Mapeetaa”和“Mawkee”。这可能也毫无意义，毕竟它们似乎指的是佩塔山市和圣詹姆斯公墓，而不是死者。

他有点羞怯地问殡仪馆馆长，是否有墓碑上刻着这两个名字。查克查阅电脑，打开了几个文件，浏览了几分钟后，摇了摇头。

“没有，恐怕没有。”

现在该怎么办？杰森不想现在就离开，觉得至少得再问一个问题。他还有一个问题，或者说实际上是两个问题。总不能让自己看起来像个十足的傻瓜。

他取出第二张照片给查克看，但只是把照片放在桌子上，而且手指一直压在上面。他不想让查克拿起来看到背面的文字。

“这个金字塔……是什么？”

“啊，是的，”查克一眼就认出了，“这是过去一个墓地的纪念碑，那还是早期移民时期。我们对此相当自豪。”

“我明白了。”杰森说。

然后他拿出第一张有大门的照片，那扇门不同于他和凯拉昨天进出墓地的大门。

“北门。”查克粗略瞥了一眼照片就说道。

杰森疑惑地看了他一眼。

“墓地的北面入口，”查克解释道，“从克洛莱德路来的游客经常走这扇门，离皮特牧场大约1/4英里。”

这番解释后，所谓的谈话很快结束了。杰森继续他的谎言，说“很高兴找到了正确的墓地”，因为这些细节和他的研究相符。他还说，这很重要，因为这让他能够继续下去。查克问杰森是否希望在圣詹姆斯公墓找到什么特别的坟墓，他也许能够协助，因为他有一份所有坟墓的全面清单。杰森能感到查克的提议只是出于礼貌，并非真心实意，便谢过他，说以后可能会接受他的一番好意。

杰森和凯拉告辞后，来到了外面。查克挠了挠后颈，有点搞不清楚为什么这两个人从洛杉矶大老远开车过来就问如此含糊的问题。就这样吧，反正他也无所谓。

到北门要绕道3英里。杰森凭自己的方向感，觉得他们在墓地周围绕了一个大圈。沿着克洛莱德路，他们经过一块标有“皮特牧场”的木牌，稍远处又是一块木牌，上写“圣詹姆斯公墓”。不久他们就到了查克所说的入口。

杰森停下车，朝门口望去，看到了第一张照片上所拍的情景。

大门后有一条狭窄的小路通向坟墓。他走进墓地，明白了他们昨天为什么没有看到北门，因为这个入口隐藏在绿树丛中。

现在怎么办？他可以像昨天那样逐一查看坟墓，希望能发现些什么，哪怕是细枝末节的东西。但是这个计划注定要失败，就像昨天一样。

解“码”似乎是他唯一的希望。

M到底是不是一个具体的信息呢？

但是他已经破译了字母M。他提醒自己，M代表佩塔山市，而三张照片就如路标，指引着他来到这个墓地。

如果我忽略了什么呢？

他再次在脑海中回顾一切。过去的四年里，他生活正常，没有噩梦——他确信自己已经把所有痛苦抛到脑后，但三张照片让他确信自己生活在幻觉中。这时，他脑中突然开了一扇门，闪现出“Mapeetaa”，是这个词指引他来到佩塔山市。但到此似乎走投无路了。

我一定是错过了什么线索。

是的，一定是这样。无论拍摄者的目的是什么，如果找不到那座坟墓，他不会引导杰森来这里，所以这些信息中肯定隐藏着更多线索。

三张照片是在墓地拍的，而背面的信息是针对他本人的。从字面上说，他已经死了，埋在这个墓地，就在最后一张照片所拍的墓碑下。

墓碑上的日期是：8月18日。

这才是他需要寻找的。是日期，而不是名字。

“你在想什么呢？”凯拉问道。

“也许我们的朋友真的给我的坟墓拍了一张照片。”他漫不经心地说。他本不该说这句话——事实上，这话再糟糕不过了——但他是脱口而出的。

他们又回到了纪念碑前。

凯拉坐在长凳上。他坐在她旁边，用一只胳膊搂住她的肩膀。她避开他的目光。

“我不喜欢这儿，”她冷冰冰地说，“事实上，有好几件事我都不喜欢。首先，你竟然把那个神经病称为‘朋友’。”

“我太随意了，只是开个玩笑。”

“更糟糕的是，”她没有理睬他，“刚才你听到自己说什么了吗？你在谈论自己的坟墓，好像这是再自然不过的了。我爱你，杰森，我真的爱你。我想帮助你。不过，如果你打算这样开始——”

“我不是那个意思。”他插话道。

“那你是什么意思？”

“我……”

他本想解释这只是一个想法，但她尖刻的回应让他不知所措，一时也找不到合适的字眼。

“忘了我说的，凯拉，这是无稽之谈，我不应该这么说的。”

“是的，你不应该，”她的声调因气愤而提高了不少，“我不想让你再谈论这件事，听见了吗？别跟我提你的死亡。永远不要。我不想听！”

“凯拉……”

她双手掩面，啜泣道：“你……可能会发生不测，然后……然后我也会失去你。”

他知道她说的是谁，这就是为什么她不能接受他现在所做的一切。

亲爱的，我不是拉尔夫。我不知道我是谁，但我不是拉尔夫。

他害怕火，她害怕死亡。她的压力已达到极限，而他刚才欠考虑的话语让她再也无法承受。

凯拉感到恐惧，这种恐惧又让她恼火。他毫不怀疑她爱他，但这次墓地之行让她极其痛苦。如果有更简单的处理方式，他会欣然接受的。但不幸的是，别无他法。

“我们回汽车旅馆怎么样？”他建议道。

“好的，我只想离开这个鬼地方。”

回到旅馆，凯拉躺在床上，但杰森烦躁不安，没有和她一起躺下。开车回来的路上，她一句话也没说。他怀疑凯拉又想起了拉尔夫，沉浸在过去中而不能自拔。拉尔夫是在一次徒步旅行中意外死亡的，很可能在救援人员赶来之前的几个小时里，都是她独自面对着尸体。

“凯拉……”他柔声道，“我能为你做点什么？”

“什么也不用。”她含糊地说。

“听着，我知道这会勾起一些回忆——”

“不要！”她大叫，背对着他，把脸埋进枕头，“走开！让我一个人待着！”

悲痛欲绝的她突然大发雷霆。他坐在床沿，凝视着她颤抖的肩膀，心如刀绞。他用手指小心抚摸着她的波浪形黑发，听着她伤心的哭泣。现在，他说什么也不能减轻她的痛苦。最后，他走了出去，来到酷热的室外。他坐在路边，从衬衫口袋里掏出太阳镜戴上，无聊地看着一辆路虎车开进停车场。一个肥胖的男人下了车，头上戴着一顶西式黑色大礼帽，腋下夹着棕色公文包，进了客栈。远处的高速公路上传来汽车疾驰而过的声音，道路两侧椰枣树落满灰尘的枝叶在太阳的炙烤下无力地垂着。

他要坐在这儿等她哭个痛快吗？她不是第一次陷入这样的情绪崩溃了，他以前见过。经验告诉他，任何安慰都无济于事。凯拉·埃文斯，结婚前叫凯拉·希恩，平时是一个活泼开朗的女人，但她若心情不好，最好离她远点。

他有时会想，凯拉是否更爱拉尔夫。他认为不会——也不愿相信——但他知道，如果拉尔夫·格兰杰还活着，她永远不会嫁给自己。

凯拉恐惧的原因显而易见，但他恐火症的根源仍然是个谜。杰森确信他需要更深入地挖掘自己的心灵，他知道自己很快就会回到马克·霍尔的心理诊所再进行一次催眠——或者是两次、三次，不管需要多少次。

但现在他在这里，在佩塔山市，而马克的心理诊所在300英里之外。

看在上帝的分上，这个拍摄者对我做了什么？我到处寻找，认为我的前世可能在8月18日的一场大火中结束。这种冲动让我来到佩塔山市，找到圣詹姆斯公墓。这是我被埋葬的地方吗？

如果是在前世，他或许会有不同的名字，可能是一个以

M开头的名字。

当然，这一切都是猜测。他突然意识到有更具实质性的东西需要深入探究。佩塔山公墓里有多少人是8月18日去世的？

他应该问问查克。他怎么会这么笨，当时竟没有想到这点呢？

他很快下定决心。

我去问查克，现在就去。

20分钟后，殡仪馆那个瘦高个年轻人应声开了门。杰森不知道他叫什么名字，但怀疑他是馆长查克的儿子。

年轻人把他带到查克的办公室。查克从一堆文件中抬起头来，一脸惊讶地看着杰森。

“我希望能再问你一个问题。”杰森在查克开口前说道。

“问吧。”

“这与我对家谱的研究有关。我想起来了，当事人可能死于8月18日。克莱先生，你能帮我查一下吗？”

查克皱起了眉头，“事情没那么简单，我得一个个核对所有名字。你知道我们这里有几千座坟墓吗？这需要几个小时。”

“我明白，”杰森立即说道，“我愿意自己核对名单。我不想给你带来不便。”

查克摇了摇头，“我不能让你接触我们的文件。这是公司的规定。”

“噢。”杰森沮丧地说。

查克不太情愿地继续说道：“蒂姆，我儿子，有些空闲时间，我会让他做的。无论如何，他需要更加熟悉这些文件。如果你留下电话号码，我们会给你打电话。”

现在杰森知道那个年轻人的名字了。

“谢谢你，”他轻声说，“我会付给蒂姆工钱。”

查克双手交叉，点了点头，“就这样？”

是的，就这样，除非……

一种极其恐怖的想法一直折磨着他，就像无论他吞下多少阿司匹林，那剧烈的头痛始终挥之不去。

“也许，”他说道，“死者和我同名。克莱先生，还有一个问题：是否有一座刻着‘杰森·埃文斯’名字的坟墓？”

查克叹了口气，专注地盯着电脑屏幕看了几分钟。杰森坐在书桌的对面，有种想站起来从查克的肩头窥看一下的冲动，但最终克制住自己，坐在那儿没动。

“有五个这样的姓氏。”查克说。

“五个？”

查克摇摇头，“有五个姓埃文斯，但没有一个叫杰森。第一个叫扎克，死于1988年3月6日；然后是格雷格，死于1976年6月12日；伊丽莎白，1997年11月28日；萨姆，1970年7月1日；最后是杰夫·埃文斯……死亡日期是2005年12月25日。他们中有和你有关的吗？”

“没有。”杰森说。

当然没有杰森·埃文斯埋在这里。若有的话，那纯属巧合。

他站起来，“那么，我等你们的电话。再次感谢蒂姆能抽出时间为我核对名单。”

“我们的宗旨就是令客户满意。”查克一板一眼地说。

第二十三章　葬礼

凯拉坐在一棵椰枣树阴影下的白色矮墙上，看着杰森把车停好，向她走来。他亲吻她时，她做出了回应，示意自己的怒气已消。

“你感觉怎么样？”他温柔地问。

“好多了。”她还不是很热情。

“在墓地我应该闭嘴的。”

但我确实去殡仪馆问了查克·克莱是否有刻着我名字的坟墓。

“你刚才干什么去了？”她问道。

“只是随便走走，”他闪烁其词，“试着理出头绪。我确实让查克帮我再好好查查，所以我们现在只能等等看了。”

他越来越担心自己和凯拉之间的距离。两人没再说什么，也没有必要再说。他能感觉到两人之间的裂隙越来越大，越来越深，这让他难受。

这完全是他的错。他硬把她拖到一项她不喜欢也不想参与的任务中来。就在几个星期前，他们还因打算生孩子而欣喜若狂。但从那以后，他满脑子想的都是死亡与痛苦，硬是说服她和他一起来到这儿。

你就是个蠢货，知道吗？她值得你去好好宠爱。

但是，他还能做些什么呢？忽略这一切？那有什么用？为了重拾他们曾经共享的快乐，他需要解开这个谜。他觉得自己必须在8月18日之前解决这个问题，而那一天即将到来。

晚上7点，他们去了大篷车酒吧。酒吧里，威士忌、伏特加和其他烈酒都摆在中间，四周围着餐桌。

两人落座后，杰森扫视了一下四周。一个戴礼帽的魁梧男子坐在他们前面的桌旁，正在吃多汁牛排。那人眼睛只盯着美味，吃得声响很大，而且刀叉不停地碰到盘子，显然很是享受。男子旁边的桌前，一名女服务员给两个可能是父子的客人端上了冰镇啤酒。老人用布满老茧的手拍了拍年轻人的后背，那老茧应是几十年来在牧场辛勤劳作的结果。

这三个人并排坐着，享受着惬意的休闲时光，脸上都是满足的表情。其实不久前，杰森更是满足，认为自己拥有了完美的生活，但是现在一切都颠倒了。他祈祷这只是暂时的。

“杰森？”凯拉问道，“查克怎么说？有什么结果了吗？”

“查克还没有回电话。”他坦言，“显然，他的儿子没有时间马上核对名单。也许我们明天应该回到墓地，寻找墓碑上刻有8月18日死亡日期的坟墓。说不定我们会走运。我们还能做什么呢？”

他的语气中几乎没有一丝希望，他的内心也一样。

“如果最后一无所获呢？”

凯拉说这句话时带有一种异乎寻常的冷漠，杰森听了突然想起卡拉和特蕾西，不禁眨了眨眼睛。特蕾西是个酒鬼，卡拉只关心她自己。而现在他，杰森，也只想着自己，沉溺于一个谜团。

“如果我们找不到，查克也帮不上忙，”杰森伸出手，用手掌抚摸着她柔软的脸颊，“我们就回家。然后我就忘记这一切。”

他自己信吗？她信吗？

那一夜注定是个不眠之夜，两人都难以入睡。他们依然相爱，但恐惧正在一点点吞噬他们的爱情。他的追寻对她的伤害越来越大。她支持他，因为她爱他，但是她还能支持多久呢？

时间越来越短。他比以前更加担心自己会因此失去她。

他甚至连想都不敢想。

第二天上午，他们打算先喝杯咖啡，然后再去圣詹姆斯公墓。当他们走向市中心时，凯拉的老板帕特里克·沃伊特打来电话，问她明天是否会回去上班。凯拉在周一时告诉过他，她可能会离开三四天。凯拉看了杰森一眼，似在征求他的意见。她急切地希望他说：好了，就这样吧，我们回家，从此以后让警察来处理此事。

“再稍微长点。”他低声说。

“帕特里克？”凯拉回老板的话，眼睛却一直盯着杰森，“我们还在亚利桑那州，最快明天离开。我下周一回公司上班。”

沃伊特抱怨说，公司事务繁忙，她一走这么长时间，工作都受影响了。凯拉向老板道歉，并说她理解，但不幸的是，在这件事上她别无选择。

她刚挂断电话，杰森就掏出手机。他记得和马克约好明天见面，现在不得不取消，他一会儿就取消，因为首先得给自己的老板布莱恩打个电话。对于杰森仓促请假离开，布莱恩早就心有不满，若是听到他要到下周一才回来——尽管杰森说过可能会如此，他会更加生气。杰森先和安东尼、唐纳德和卡萝尔通话聊了聊，然后才打给布莱恩。布莱恩直截了当地说他希望杰森能尽快回来上班。杰森告诉老板发生了一些麻烦事，但他将于周末返程，下周一就回公司上班。

“杰森，你让我很不开心。”布莱恩不满地说道，听起来和当初抱怨妻子路易丝放弃他们原定的拉斯维加斯之旅时一样不高兴。

布莱恩，你要是知道我生活在一个多么可怕的世界就能理解了，杰森痛苦地想道。

“我下周晚上加班，”杰森保证道，“我们会完成汽车大王项目的。”

“天哪，杰森，你到底在外面干什么？”

竭力找寻自我，杰森心里想着，同时咬着自己的手以免放声苦笑。

“我以后再告诉你。”

布莱恩没再说什么就挂断了电话。

“杰森，下一步呢？”凯拉问道。

他们正离一家星巴克不远，“咖啡，接下来先来杯咖啡。”

杰森忘了取消和马克的约会。

他们喝着咖啡，看着窗外来来往往的人们。现在是上午10点半。

“你认为他可能住在这里吗？”杰森沉思道。

“谁？”凯拉问。

“拍摄者。如果谜团可以在佩塔山市揭开，那么他很可能非常熟悉这里，甚至就住在这里。”

“的确，”凯拉把眼前的一绺头发撩到耳后，咯咯笑道，但语气中毫无幽默感，“也许他在监视甚至跟踪我们。谁知道呢，也许就是那个汽车旅馆懒散的前台接待员，或者是我们在街上遇到的某个家伙。”

“好吧，”他叹了口气，“明白你的意思了。可能是任何人，也可能不是。”

“因为我们不知道自己在寻找什么，”她总结道，“也就无法找到它。”

“深刻，”他说，“不幸的是，你说得没错。”

杰森在一座座坟墓前查看，唯一的搜寻线索就是死者的死亡日期。但在烈日下找了90分钟后，他还是没有发现一座坟墓的墓碑上刻有“8月18日”。至少得有几个啊，查克说过，这里有几千座坟墓，一年只有365天，从统计学上来说，一定有一些墓碑上刻着那个日期。

白天的气温越来越高，阳光也越来越刺眼，也许是为了防止他看到什么可怕的东西，比如有人躲在墓碑后面，可能就是那个拍摄者呢。

“杰森！”凯拉首先发现了什么，突然从远处喊道，双手朝他比画着。

他跑过去，看着她所指的：一个叫唐纳德·卢克的坟墓。清晰的文字和数字表明，此人生于1931年3月12日，死于2004年8月18日。

杰森蹲下来，并没有感到兴奋。唐纳德·卢克这个名字里没有M。杰森的内心对这个名字和坟墓没有任何反应。此外，墓碑受到风雨侵蚀的时间还太短，与照片中的墓碑没有任何相似之处。他抬头瞥了一眼凯拉，从眼角的余光中注意到，大约50码远的地方聚集了一群人。他刚才没有注意到他们。

“这不可能，凯拉。看，这……”

他沉默了，目光投向远处的人群，奇怪的是，眨眼间那边已是空无一人。

“与照片相比，这块墓碑太新了，而且没有受损。”他心不在焉地说，眼睛仍然盯着刚才看到人们聚集的地方。

凯拉一定没有注意到那群人，否则她会说些什么。

他站了起来，“继续找吧。”

她含糊不清地说了些什么，耸了耸肩，继续往前走。

他连走带跑，快速来到之前人群聚集的地方，想知道自己刚才看到的是什么。在他周围，是一二十个高高矗立的墓碑。他到处寻找……什么呢？

他注意到一块墓碑比其他墓碑稍大一些，而且有“耳朵”——碑角有圆形的凹痕。他仔细查看墓碑上的名字和死亡日期。就在那时，他感觉到有人在背后看着他。

他转过身，但一个人也没有。

这时他才意识到，那群人除了突然消失外，还有其他不对劲的地方。他们看起来不一样——是他们的衣服让他们看起来很不一样。杰森对时尚知之甚少，但知道男人们戴的宽边帽和穿的喇叭裤显然不是这个时代的装束，女人们穿的短裙也是如此。他们的服装已经过时了，至少从他这代人看来。

他的心怦怦直跳，回转身再次看向布满青苔的墓碑，又读了一遍刻在上面的文字。

乔金斯一家

罗伯特·J.

1937年6月4日—1977年8月18日

阿曼达·Z.

1943年2月12日—1977年8月18日

迈克·W.

1977年7月29日—1977年8月18日

第二十四章　分离

那个日子——8月18日，让他感到窒息。那个名字——迈克，像是掐住了他的喉咙，随后又对他一阵猛烈捶击。

他汗流浃背，甚至自己都能闻到身上的汗味。凯拉朝他走来，即使从这个距离他也能看到她皱着眉头。

“怎么了，杰森？”她走到他跟前问道。

见他没有回答，她又问：“你脸色苍白，生病了吗？”

我怎么了？他想尖叫，但声音却哽在喉咙里。他蹲下来，将眼前的墓碑与照片上的比对。很容易发现相似之处：苔藓，裂缝，不规则的边缘。毫无疑问，这就是他苦苦寻找的墓碑。

“迈克是Mawkee，也就是迈吉。”他声音嘶哑地说，“他是个婴儿，8月18日夭折时只有几周大。另外两个人，罗伯特和阿曼达，是同一天。我想是他的父母。他们一家人死于同一天。”

凯拉在他旁边蹲下，什么也没说。

“我刚才看见有人，”他低声说，“葬礼的来宾。我仍然能感觉到有些异样。”

她疑惑地看了他一眼，“你到底在说什么？”

他的嘴反复地张开、合上，像岸上一条垂死的鱼。他摇了摇头，“我会解释的，但你可能不信。这里刚才聚集了一群人，有20个，甚至更多，身上的装束还是几十年前的风格。我看见他们了，但眨眼就不见了。我认为他们并没有完全消失，因为我仍能感觉有什么东西不对劲。你不冷吗？”

他颤抖着紧抱双臂。尽管酷热难耐，他还是冷得发抖。凯拉目瞪口呆地盯着他。

“热死了，杰森。”

“不，”他说，“不，不热，冰冷。”

他咬紧牙关。

“跟我来，”她挽起他的胳膊，“我们这就走。”

“我们现在怎么能走？”杰森咆哮道，“我们好不容易找到了苦苦寻觅的东西。就是这个，迈克·W.乔金斯的。”他指着墓碑，“他死了，不存在了。这里就是他的葬身之处！”

“你吓到我了，”凯拉平静地说，“现在一起走。”

她把一只手放在他的肩膀上，但被他甩开了。他仍待在原地，蜷缩着身体，使劲搓着双手取暖。

“看看！”他生气地说，“看看照片，再看看墓碑，一样的。你应该也能看出来。”

她站起来，后退了一步。

“你有毛病啊？”她有点粗暴地说。

“凯拉，我是Mawkee！你不明白吗？这是我的坟墓。我找到了！我刚才看到的那些人是来参加葬礼的。我的送葬队伍。”

他本想发出一声苦笑，但听起来更像是呜咽。

凯拉又后退了一步。

“我真的想离开这个地方。”她轻声但坚定地说道。

他又摇了摇头，抽泣起来。他无法自已，一切似乎都停不下来了。他失去了对现实的掌控，就像喝醉了酒或服用了迷幻药一样。

“杰森？那些照片是你拍的吗？”

他僵住了。突然，他停止了哭泣，也停止了颤抖，缓缓转向她。

“什么？！”

她好像石化了一般，双臂交叉抱在胸前，站在墓碑前，目光令人心碎。

“家里有两台宝丽来相机。你对那种设备很在行的。”

“你没脑子吗？”他嘶哑地低声说。

“你这样问真是奇怪。我也在想你是不是没脑子呢。”

他的怒气如烈焰，从火山的深处喷发出来。

“我想你应该回去找马克。”她强调说，“你说得没错，有些事不对劲。也许是你自己不对劲。听着，我从一开始就支持你，但是你后来谈论起了什么火怪。你产生了幻觉，看到了根本不存在的东西。你甚至相信自己已经死了，以为这是你的坟墓。请告诉我，看在上帝的分上，我该如何解释这一切？”

“所以你认为这一切都是我自导自演的。”

他不再觉得自己像个狂怒的醉汉。他完全清醒了，简直无法相信凯拉所说的话。

“拉尔夫说他会早逝。”她继续说，全然忘了这个话题曾是他们之间不能触碰的禁忌，“这种想法是从哪儿来的？他是怎么想到的？我永远也不会知道了。但这一直困扰着我。也许是他虚构的，也许他知道自己的心脏瓣膜有问题，也许有人说过他会早逝——上帝，或者一个变态的算命先生，或者一个憎恨他的人。这都无所谓，关键是，他相信这一点。你相信你已经死了或即将死去，而这事是由照片引起的。也许你很想相信这一点，所以你自己设计了整件事。我怎么知道？但不管怎么回事，我不想与之再有任何瓜葛。我受够了！”

她用力挥了一下手，做了个一刀两断的姿势，眼里噙满了泪水。最终，她双手捂着脸，转身走开了，很快就小跑起来。他站在墓前绿油油的草地上，呆呆地望着她远去。

他感觉好似迈克·W.乔金斯正在看着他，看他下一步会怎么做。

尽管烈日炎炎，凯拉还是一路步行回到佩塔山客栈。她把房间的空调冷气调到最低，然后颓然在椅子上坐下。杰森日落时分才回来。

他已冷静下来，她也冷静了，但冷战已不可避免。他们没有出去吃晚饭，整晚都待在房间里。第二天早上，情形依旧。她洗澡的时候，决定无论如何都要回洛杉矶了。她赤身走出浴室，站在他面前，身上还有水滴。

“我要回家。你一起吗？”

他慢慢摇了摇头。

“求求你，杰森，”她说，“我们去找马克吧，他知道怎么做。”

“我现在不能走，凯拉。请你理解。我找到自己的坟墓了，现在我必须从那里继续下去。”因为一夜没睡好，他的眼睛有些浮肿。

“我受够了，”凯拉握紧拳头，嘶哑地尖叫道，“够了！你懂我吗？我真的要走了！”泪水模糊了她的眼睛。

他呢喃道：“凯拉……”

她闭上眼睛。因为拳头握得太紧，掌心留下了一个个指甲刺的红印。

我们的婚姻毁了。你——杰森，毁了它。

她确信如此。突然，她对杰森的爱消逝了，随着一声叹息，不复存在了，就像对拉尔夫那样。取而代之的是愤怒，怒火在她体内燃烧。

我曾必须放下拉尔夫，你也必须放下这个。不然呢。

她的脑海中又浮现出当时的画面。帐篷里，拉尔夫一动不动地躺在她身边。哪怕是最近的医院也离得太远了，根本来不及施救。她握住他冰冷的手，最后一次吻他。她哭了很久，伤心欲绝，为逝去的爱情，也为逝去的平静生活。

她迷迷糊糊地穿好衣服，收拾好行李。

“我要开走克莱斯勒，”她平静地说，好像是去购物，“毕竟，这是我的车。你有信用卡。你乘飞机回家？”

“我总有办法回家，”他说，“但你不是认真的吧？你不是真的打算把我留在这里吧？”

“我这样做是为了你，也是为了我们。”她语气坚定，不容争辩，“这里已经没有什么需要我的了，没有我你会更好。”

现在是上午10点15分，时间还早。外面突然刮起了风暴，椰枣树的枝叶被吹得东倒西歪，风滚草在停车场上滚来滚去，夏日的骄阳不时被飞扬起来的厚厚尘土遮住。

他很想劝劝她，但显然她心意已决，没有必要了。杰森知道她有多固执。同样，她对他也一清二楚。

她拿起车钥匙和旅行包，“我走了。”

他点了点头，“凯拉，我昨天在墓地对你大喊大叫，对不起。我心神不宁，自从这该死的事情发生以来，我就如此。”

“你一起吗？”

这是她第三次问了。最后一次。

“我得调查一下乔金斯一家。他们是谁？怎么死的？”

“那么你打算待在这里了。”她叹了口气。

“现在总算有了线索，我不知道我还有什么其他选择。”他说，“我想知道我到底怎么了，这些幻觉从何而来。如果找不到答案，凯拉，这对我不利，更不用说对你了。所以你看，我留下来是为了我们两个。”

“你可以问问马克。”

他低头看着自己的脚，“我会的。我答应你我会的，但那是以后的事。我现在找到了源头。还有，我必须在8月18日前找到拍摄者，以确保那天不会发生什么可怕的事情。”

她点了点头，“随你的便。我走了。”

她走到门口。

“凯拉。”

她转过身来。

“一定要小心。我不愿意你一个人在家。世事难料，去西蒙娜家吧。”

“再说吧。”她说，“你也要小心，好吗？我想告诉你，其实把你留在这儿我也很担心。”

他笑了笑，“我是个成年人，能照顾好自己。”

凯拉本想和杰森吻别，但最终没有。她打开客房的门，迎着风沙向克莱斯勒轿车走去。

她上了车，发动引擎，眼睛却一直盯着后视镜里的杰森。他已经走到外面，站在汽车旅馆前面的矮墙旁边。

凯拉把车开到路上，还时不时从后视镜里瞥一眼杰森，直到再也看不见他。

直到此时，她才擦了擦眼泪。

第二十五章　乔金斯一家的悲剧

杰森看着凯拉的车消失在尘土中，不敢向前迈一步。他觉得前方随时会出现一个陷阱，他会坠入其中。

凯拉离开了他。她真的走了。

你永远失去了她，一个声音在责备他。

但是他说的都是实话。既然走到了这一步，除了继续下去，他别无选择。只要他能够镇静下来，思想集中，他就知道自己首先要去哪里。

一个小时后，他又回到查克·克莱的办公室。现在是7月31日，星期五上午。“你能多告诉我一些关于乔金斯一家的事吗？”他告诉查克，乔金斯一家的坟墓引起了他的兴趣，因为这与他的宗谱研究密切相关。

查克长叹了口气，“听着，杰森，很抱歉我们还没有给你打电话。如果这三个人都像你说的那样死于同一天，那一定有特殊情况。但别指望我能帮你做深入研究，这不是我的工作。”

查克说完用手指敲了敲桌子，显然是送客的意思。杰森知道馆长不会告诉他任何事情了，但还是不死心。

“我可以和其他什么人谈谈吗？”杰森问道，自己都觉得这声音听起来很是苦闷。

查克往后挪了挪椅子。

“这对我来说非常重要，克莱先生，”杰森把椅子往前挪了挪，“你不知道有多重要。”

查克沉默了好一会儿，困惑地看着杰森，脸上的苦相清楚地表明杰森已不再受欢迎。

“你可以试试报纸，”他最后说，“《莫哈维先驱报》，或者，最好和弗雷迪·帕迪拉谈谈。他是先驱报的退休记者，目前是市档案馆的馆长。我很了解他。要想找人帮你，他准行。他是活词典，对佩塔山市的一切了如指掌。”

“你有市档案馆的地址吗？”杰森问道。

“当然。”查克·克莱笑了。

在市档案馆的一个角落，弗雷迪·帕迪拉坐在一张普通的木桌后面，桌上摆着一盏绿色台灯。至少，杰森觉得这就是弗雷迪·帕迪拉。从他的白胡子和脖子后面卷曲的长发来看，此人65岁左右。他大腹便便——啤酒和暴食的结果，一件红白格子衬衫就像桌布一样紧紧贴在肚皮上。

“下午好！”杰森走过去打了个招呼，“我叫杰森·埃文斯。你是帕迪拉先生吗？”

老人用一双明亮的蓝眼睛盯着他看了一会儿，“是的，我是。”

“我能向你打听一件事吗？”

“当然，”帕迪拉愉快地说，“请坐。什么事？”

杰森坐下来，用手捋了捋头发，“我正在进行一项调查。克莱阿布维尔殡仪馆馆长查克·克莱建议我联系你。”

“啊，查克！”帕迪拉大声说道，“请继续。”

“我需要一些信息，”杰森说，“有人告诉我，你可能知道这些信息。如果知道的话，我非常乐意为耽误你的时间付费。”

“钱？对我来说毫无意义。”帕迪拉冷笑道，“在这个金钱至上的国度，我是个例外，所以我一直很穷。”

“是的。”杰森一时不知说什么好。

帕迪拉像是布道般慷慨激昂：“劳克林的赌场不断扩张，真是耻辱。即使在这里，拜金主义也越来越严重，让美丽的佩塔山市蒙羞。不幸的是，我自己不能改变世界。”

“我想也是。”杰森面无表情地说。

“有些人眼里只有钱，但我不是。”帕迪拉转回话题，“不谈这个了。可是你想知道什么？”

“帕迪拉先生，”杰森说，“我希望这不会太复杂……”

“请叫我弗雷迪。”

“好的，弗雷迪。事情是这样的……”

弗雷迪轻抚胡须，向杰森点点头，让他直奔主题。

“我对圣詹姆斯公墓的一座坟墓很感兴趣。”

“是吗，谁的坟墓？”

“乔金斯一家的：罗伯特、阿曼达和他们的儿子迈克。我想进一步了解这个家庭。”

“为什么？”弗雷迪问道。

“这与家谱有关。”

弗雷迪耸耸肩，“我查一下，需要一个小时。”

杰森一直在外面等着。他想到了凯拉，决定给她打个电话。她接了电话，但谈话有些尴尬。他还是重复老一套，说在这种情况下，他不可能做鸵鸟把头埋进沙子里，希望恶魔自行离开。有个疯子给他寄了三张照片，也许还造成了那场所谓的车祸。命运把他带到这里，他不能离开，除非一切水落石出。8月18日会发生什么呢？他向她说出心中的担忧。接着他重申自己希望她暂住在西蒙娜家，直到他回家。凯拉的回答也是老话重提，说他是胡思乱想，应该向马克寻求帮助。

又是白说了，他沮丧地挂断电话，回到弗雷迪的办公室。

“我快速查阅了一下，”弗雷迪告诉他，“确实有那件事，我还写过相关报道。很久以前的事了，所以你之前问起，我一时没想起来。”

“我很好奇你发现了什么。”他竭力保持镇静。

弗雷迪盯着他看了一会儿。

“那是一场可怕的车祸。一个卡车司机，要么喝醉了，要么走神了，驾驶着大卡车直接从后面撞上了乔金斯一家的小轿车。轿车偏离路面后，翻了个跟头，在熊熊烈火中爆炸了。一车人死得很惨。卡车司机？他肇事逃逸，尽管最终被抓。他叫西尔弗斯坦，史蒂夫·西尔弗斯坦。”

杰森口干舌燥，脑海中闪现出卡车大灯从后面照射过来的炫目光束。一想到随后发生的惨烈车祸，他的身体不禁抽搐了一下。

“还有呢？”他的声音有点刺耳。

“如我所言，罗伯特、阿曼达和迈吉死得很惨。车祸发生在98号州际公路上，一旁就是萨克拉门托排水渠，离佩塔山市5英里。父亲罗伯特是社区活动的积极分子，母亲阿曼达也是。他们住在罗伯特自己建起的佩塔山牧场，骑马、养马，他可是出了名的。卡车司机呢，我也调查过了，他发誓说没有看见轿车翻倒着火。他是后来听说的，清醒后才知道自己做了什么。他悲痛欲绝，悔恨不已。至少他是这么说的。”

桌上的电话响了，弗雷迪拿起话筒，“贝丝！我一会儿给你打回去好吗？我正忙着。是的，谢谢。”

他放下话筒，“我还在档案中发现了一些其他细节。一篇报道提到了消防队员汤姆·当特，他是首批赶到现场并把尸体从车里转移出来的救援人员之一。他说，任何救援都无力回天了。病理学医师詹姆斯·费尔奇也说，那次尸体辨认是他漫长职业生涯中极其困难的一次。死者中有一个婴儿，这对他触动很大。”

弗雷迪长叹了一口气，“西尔弗斯坦被判有罪，入狱30年。佩塔山牧场被卖给罗伯特的一位朋友——乔·布雷斯纳汉。乔现在还住在那里。”

杰森脑海中闪过他上周日在网上看到的一个故事。一位叫安雅的六旬妇女，多年来一直遭受同样的噩梦的折磨。梦中，她跑过房屋，穿过屋顶，亡命奔逃。有时她听到奇怪的尖叫声。据安雅描述，那种叫声让人难以忍受，犹如恶魔发出的一样。一听到尖叫声，她就双手捂住耳朵。一天，在瑜伽课上，她产生了可怕的幻觉，一个万人坑出现在她的脑海中，到处都是尖叫声。

当那些突然出现的可怕景象消失后，她开始相信轮回。那种感觉很亲密，好像有一股悲伤之泉从我体内喷涌而出。幻象与我的前世有关。安雅如此描述。

她接受回归疗法，回到了前世。年近30岁的她在饥寒交迫中死于集中营。安雅回忆起她受到的折磨和性虐待，还有最终的死亡。在回归过程中，她看到了在一个暗无天日的小屋里，身染重疾的她是如何走向生命终点的。重温了那段恐怖经历后，她终于明白了自己为什么常在黑暗中生出无端恐惧。

她在集中营中死去，痛苦也随之结束。从那以后，一切都变得明亮、洁白、宁静。她有一种似乎“睡了一会儿”的感觉，仅仅死于集中营几周后，她以安雅的身份重生了。

通过接受回归疗法，她知道了自己的前世，也认识了前世的亲友。她去拜访他们，虽然那些来自“过去”的人不认得她。我想对他们大喊一声，是我。我死过一会儿，但现在又回来了。安雅在她的故事中这样写道。然而，她最终意识到，她必须放下“过去”，在“当下”重拾生活。

杰森也有过这样的经历吗？难道前世是他焦虑的根源？他生于1977年9月2日，叫杰森·埃文斯。但在那之前他是迈吉·乔金斯吗？

杰森又想起另一个荒诞的真实故事：一个黎巴嫩男孩记得前生。一天，男孩在出生地遇见了一个从未见过的人，但他径直走过去，称对方是自己的邻居。

他不停地说着一场车祸，一辆卡车从一个男人身上碾过，导致那人双腿截肢。此外，男孩还不断地缠着父母，说他想去邻村，尽管他不能解释自己为什么想去那里。

男孩的父母经过调查，发现儿子称为“邻居”的那个人就住在邻村。他们还发现，就在那个村子里，有人在一起车祸中失去了双腿，不久后就去世了。男孩称呼的邻居实际上是遇难者的邻居。

还有其他相通之处。事实证明，男孩可以准确说出遇难者临终前说了什么。同样惊奇的是，男孩和遇难者有许多共同点：那个人酷爱打猎，而男孩对与打猎有关的一切都有浓厚兴趣；那个人的法语很流利，而男孩对语言的掌握与同龄人相比也是不同寻常的。

除了转世，研究人员对这种情况没有其他解释。人死后，他的本质和能量以灵魂形态继续存在，直到被召回到尘世间以物质形态存在。

因此这个男孩很有可能变成了一个新人，但在他的脑海中，他将永远与那个在车祸中丧生的人保持联系。

难道杰森的内心深处有小迈克·W.乔金斯的恐惧和记忆？

对地球上数十亿相信轮回的人来说，这是有可能的。而对他来说，无论在被幻觉和幻象所困扰之前他自认为多么脚踏实地，同样的事情还是发生了。

但那个照片拍摄者对他来说始终是个谜。不管那个人是谁，他似乎知道杰森的前世——这是整个事件的致命要害。

拍摄者还必须知道乔金斯一家的意外，因为杰森和凯拉经历了与那个不幸的家庭类似的一连串事件。因此，发生在蒙特马尔大道上的那次撞车是故意的，尽管杰森怀疑警方也会这么认为。不，他们才不会相信什么前世呢。这意味着他仍然是孤军奋战，需要继续独立调查。

现在他知道下一步该怎么做了。

他谢过弗雷迪，一出门就盘算起来。佩塔山牧场在郊外，走过去肯定不现实，他得租一辆车。

很快，杰森开着租来的通用SUV上路了。

这个大牧场位于布尔黑德路，有一条很长的土路通向那儿。杰森注意到，牧场后面遥远的地平线上是连绵起伏的山峦，景色壮观。土路左边有一块标牌，上写“佩塔山牧场”。牌子旁边是一个邮箱，再旁边是旧栅栏，栅栏上横跨土路的大门关闭着。

杰森关掉引擎，下了车，朝大门走去。大门装饰华丽，中间的铁栅栏被剪成椭圆形，有一个字母被焊在椭圆的中央。

是字母M。

和第三张宝丽来照片中的M一样的纹理，一样的优雅。

第二十六章　M

大门没有上锁，杰森推开门，沿着土路向农舍走去。他看到了两间相邻的棚屋，一间棚屋旁有一个整洁的菜园，里面种有各类蔬菜：西红柿、球芽甘蓝、辣椒、萝卜和洋葱。

他按响了农舍的门铃，一位大腹便便、满头华发的老人开了门，显然是乔·布雷斯纳汉了。简单介绍和寒暄之后，乔说他独自在家，儿子在上班，妻子去朋友家串门了。乔还说，他多年前就退休了，只要儿子不赶他去住养老院，他就会待在这里，因为他喜欢这里。乔很健谈，很快说到他和乔金斯一家非常熟悉。事实上，他和罗伯特是在这个闭塞的地方一起长大的，那时佩塔山还没有成为一座城市。他慎重考虑了很久是否该买下这个牧场，后在罗伯特的亲属再三劝说下终于同意了。他喜欢这里，他又说了一遍。罗伯特是个好人，更是个优秀的牧民，乔说。所有人都知道佩塔山牧场的马是当地最好的，罗伯特有驯养动物的天赋。

阿曼达秀外慧中，为人友善，总是面带微笑。因为勤做慈善，并对社区做出很大贡献，夫妻俩在佩塔山市享有很高的声誉。

杰森静静聆听着乔动情地讲述往事，最后才提出心中的疑问："布雷斯纳汉先生，大铁门上的字母'M'是指迈吉吗？"

乔挥舞了一下手臂，"哦，是的！做了父亲，罗伯特真是兴奋坏了，希望全世界都能分享他的快乐。他亲自锻造的那个字母，又把它焊接在大门上。他太高兴了！"

"但不久之后就发生了车祸，"杰森说，"我想你应该参加了葬礼。"

乔·布雷斯纳汉点点头，"你可以想象，当时这里挤满了人。这件事太让人难过了，几乎佩塔山市的所有人都来了，甚至那些素不相识的人也赶过来哀悼。我跟你说，没有一个人不落泪的。"

杰森想到了他在墓地看到的幻象：那群送葬的队伍。

或者那只是一种幻觉，一种精神错乱的迹象？但不知何故，他总觉得现在不是如此了。

"布雷斯纳汉先生……"杰森突然想到了另一个问题，但刚开口，就被乔打断了。

"如果你想看的话，我这儿有些葬礼的照片。"

杰森目瞪口呆。

"乔金斯一家的葬礼？"

乔点了点头。

"你有照片？"

乔再次点了点头。

“是的，我肯定想看看。”杰森急切地说。

“好的，请稍等，我这就去拿。”乔·布雷斯纳汉从安乐椅上站起来，缓步走出房间，上了楼梯。

杰森坐在那儿，紧张得难受。他很快就会面对幻象中的场景吗？照片里的人会同样穿着过时的装束吗？他很快就会知道了。乔蹒跚着走下楼梯，手里拿着几张发黄的黑白照片。

“这些就是。一位报社的摄影师拍下了这些照片。如我所言，罗伯特的死在这里可是个大新闻。”

杰森接过照片，快速翻看后，没有发现任何有价值的信息。这些照片不是在圣詹姆斯公墓拍摄的，而是在一座教堂外面，大概是举行追悼会的地方。一群人正离开教堂。这五张照片几乎是同时拍摄的，摄影师快速拍下后，就把照片发给了报社，可能是想让编辑挑选一张。不知何故，几张照片最后都到了乔的手上。

照片中杰森唯一能认出的就是送葬者穿的衣服。他最近见过的就是这样的短外套、领带、帽子和衣服，但其他……

什么东西引起了他的注意。不，不可能，绝对不可能。

他举起照片，仔细端详，然后又把照片往眼前移了移。

不管是不是可能，他确实就在那里。

杰森把照片放在一边，心怦怦直跳。他又拿起另一张黑白照片——是的，也有他。下一张，再下一张，都有他。

当然，如果几张照片几乎是在同一时间拍摄的，他肯定在每张中。

“少了一个，那个去哪里了呢？”他听见乔·布雷斯纳汉喃喃自语。

杰森抬起头，“没关系，布雷斯纳汉先生。看这些就够了，你不知道我有多感激你。”

是的，他感激不尽。

但也失魂落魄。

第二十七章　黑衣人

星期五傍晚时分，凯拉伤心沮丧地回到家。杰森给她打过一次电话，她当时跟他说话时还很生气，但现在不再生气了。她什么时候能再接到他的电话呢?

她心神不宁，绕着峡谷景观房漫步一圈，又回到屋内，烧水沏了一杯茶，然后走进书房。她倚着窗台，一只手拿着茶杯，另一只手翻阅着杰森留在书桌上的一本相册，里面有他童年的照片。棒球场上的小杰森；高中时不知怎么有点老成的杰森；杰森和几个她依稀能认出的朋友在一起，但名字她不记得了；有一张杰森童年时的，他站在唐娜和爱德华中间。

凯拉以前见过这些照片。封面上的那张是他人生的第一张照片，他和父母一起拍的，照片下面母亲加上了他的出生信息。另一张是杰森用奶瓶喝奶，还有一张是一个婴儿微笑着在地上爬行，还有其他的。

凯拉回到相册的第一张照片上。唐娜躺在床上，爱德华坐在床边的椅子上，臂弯里抱着小杰森，自豪地向世界展示。镜头里的父母都笑容满面。唐娜在照片上写了一行字：欢迎你，我亲爱的杰森。

凯拉看了看出生信息。最上面一栏写着“加利福尼亚州”，下面写着“重要记录证明”，随后是一串数字，然后是新生儿的名字——杰森，出生日期——1977年9月2日，父母的姓名则是他们各自手写上去的。

凯拉合上相册，不知道此时此刻杰森在想什么。难道他真的认为他的前世在指引自己吗？

她害怕孤单，于是打电话给西蒙娜，问可否过去住一宿。西蒙娜欣然应允。

在西蒙娜家的客厅，凯拉不时看看手机，焦急地等着杰森打来电话，但始终没有等到。她告诉西蒙娜夫妇杰森出城了，不过没有提及他们吵架，也没有透露他在亚利桑那州做什么。

10点半，她躺在客房的床上，这是她一生中第二个糟糕的夜晚。最糟糕的是拉尔夫去世的那天晚上。

第二天上午，凯拉回到自己家。这天是8月1日，星期六，无所事事的她决定出去散步。由于自尊心作祟，她没有给杰森打电话。整整一天，她都高度紧张，觉得自己好像在深渊上走钢丝，而怀疑和焦虑不断要把她推下去。

她做得对吗？

她放弃他了吗？

她一直把手机放在触手可及的地方，但他没有打来电话。

她可以打给他的。她多次想打，但每次都克制住了。天哪，她讨厌自己的高傲。

她怎么能把他一个人留在那儿呢？但是她又想到他是多么顽固。他同样让她失望，如果不是更糟的话。

没关系。原本就没必要。我们现在无须分开。我们本可以避免这样。只要一起努力，我们本可以避免这样。

晚上8点左右，杰森打来电话，说他已经不在佩塔山市了。他上午开车去了拉斯维加斯，下午又乘飞机去了旧金山。他以后会告诉她详情。

她一时惊得忘了询问。他问她近况如何。她说感觉很糟糕，他说很抱歉。她很快结束了通话，这是她想表达让他“回家”的方式，但挂断电话后，她才想起还有许多话没有说。

她决定不去西蒙娜家寄宿了，虽然杰森警告过她家里可能不安全。但即使神秘的拍摄者监视着峡谷景观房，那又怎样，他还能再毁掉什么？

她躺在床上思绪翻腾，但最终还是睡着了。

夜里她突然醒来，看见床脚边有一个穿着黑袍的高大身影，脸被黑色兜帽遮住了，瘦骨嶙峋的手里拿着一把锋利的镰刀。

她尖叫着，摸索着找到电灯开关。灯光下，她的敌人，镰刀死神，不见了。

那晚剩下的时间里，她坐在床上，睡意全无。

第二天上午，西蒙娜打来了电话。她周五就看出凯拉有些不对劲了。凯拉告诉西蒙娜，她已经和杰森通过电话了。

西蒙娜提议一起吃午饭，凯拉自然乐意。

“太好了！”西蒙娜兴奋地说，“我们在哪儿见面？”

“米兰餐厅怎么样？那不是你在马利根广场非常喜欢的一家餐厅吗？”

凯拉很清楚西蒙娜喜欢那家舒适的意大利小餐厅。那儿不仅食物新鲜，位置也好，在好莱坞大道和洛伊斯酒店之间的马利根广场上。虽然对她们来说，去那里有点远，但这不是问题。

“好主意！”西蒙娜说。

打完电话后，凯拉又做了个决定。

杰森好长时间没打电话了，今天晚些时候她会给他打电话，和他好好谈谈。她再也受不了了。她想知道发生了什么事。要是一切顺利，要是他没有遇到麻烦，要是……

要是他回来就好了。

那是她最虔诚的祈祷。

凯拉找了个车位停好车，沿着好莱坞大道向马利根广场走去。太阳照在她的脖颈上，火辣辣的。她调整了一下雷朋太阳镜，顺便瞥了一眼中国戏院前的街头表演。今天是一个穿着蜘蛛侠服装的男人在表演，旁边站着黑武士，还有穿着白色制服的《星球大战》士兵。一群游客拿着相机忙着拍照。

她走过查理·卓别林的雕像。卓别林头戴圆顶礼帽，露出招牌式的滑稽笑容，好像正在打量她。她想：*你那时的生活多简单啊。那时宝丽来相机就发明出来了吗？*

凯拉登上通往马利根广场的台阶时，广场对面响起了音乐声，她想了一会儿才听出是歌手雪儿·克罗的曲子。她经过一个冰淇淋摊，又经过一个热狗摊，从那里穿过一条拱廊，迈上几级石阶，向米兰餐厅走去。一进去，她就四下扫视了一眼，发现西蒙娜还没有到。她找了一张桌子，点了一杯酒，坐下等待。

15分钟后，西蒙娜笑容满面地进了餐厅。凯拉站起来，和她热情拥抱。落座后，西蒙娜兴高采烈地说个不停，凯拉很快受到感染，暂时把烦恼抛到了脑后。

一名女服务员端来了美食，西蒙娜点的是意大利面，凯拉点的是地中海沙拉。她们轻轻碰了碰酒杯。

“克利夫最近忙什么呢？”凯拉边吃边问，“我住在你家的时候，几乎没跟他说过话。”

“哦，克利夫很好，”西蒙娜说，“他又晋升了，现在是高级销售了。”

“恭喜。”

“不过也有不利的一面。这意味着他将比以前更没时间在家了。”

凯拉知道，克利夫在美国电话电报公司就职，每天的工作时间很长。她还知道，西蒙娜不介意克利夫接受一份要求不那么高的工作，一份能让他有更多时间待在家里的工作。但克利夫热爱工作，雄心勃勃。凯拉推测，他这点比杰森还要严重，尽管杰森经常和她说起要是自己当上老板，管理起公司会是什么样子。凯拉不赞成，因为她担心长时间的熬夜、繁重的工作，还有可能陷入贫困。贫困也许她可以接受，因为金钱对她来说远不如婚姻重要。但如果有一天杰森执意尝试，嗯，她会支持他的。

她相信船到桥头自然直。

西蒙娜在公爵夫人餐厅当过服务员之后就再也没有找过其他工作，但她每周会在电话热线上为受虐儿童做三个上午和两个晚上的志愿者。

孩子。她突然想起她还没有告诉西蒙娜她和杰森决定要孩子的事。需要提一下吗？不提了，她决定。西蒙娜和克利夫一直想要孩子，但最近一次检查表明，问题出在克利夫身上。西蒙娜私下告诉她，克利夫的精子数量不足。

但她自己的婚姻危机才是她没有提起这个话题的真正原因。这就像乌云笼罩着她，西蒙娜也注意到了。

“怎么了，凯拉？”她关切地问，“你看起来心烦意乱。”

凯拉勉强笑了笑，“哦，只是一些小问题，我会解决的。”

“你和杰森之间出问题了吗？”

“以后再说吧，西蒙娜，拜托。”凯拉恳求道。

“你可以信任我。我是你最好的朋友。”

“我知道，这点我确信无疑。但事情还没了结，我必须自己先搞清楚这一切将如何结束，然后不管怎样，我必须去应对。如果你明白我在说什么。”

“当然。我明白了。保密。”

西蒙娜没有再提起这件事。这是她的性格，即使满怀好奇，她也会耐心等待。

她们享受了一顿愉快的午餐，最后又喝了杯茶，才付账离开。两个女人慢悠悠地走过马利根广场上的商店，沿好莱坞大道往回走。西蒙娜说，她和克利夫下周要去纽约探亲，她很期待，尽管纽约8月的天气湿热而沉闷。她又滔滔不绝地谈论起莫拉和克劳迪娅——克利夫的表姐妹，说自己很期待再见到她们。克劳迪娅一直在节食，据说瘦了40磅，西蒙娜想亲眼看看到底如何。

凯拉停下来，注视着一家纪念品商店的橱窗，一条装饰精美的银项链吸引了她的眼球。项链很精致，形状像一朵花，令人惊叹。

但这条项链给她更多的是触动，像是对她施了魔法。突然，一阵疲惫感袭来。当然，她想，这不可能是因为她刚才在餐厅喝了两杯酒，而是最近承受的压力造成的。她筋疲力尽，需要休息，需要安静的生活。那种平静满足的幸福感什么时候才能最终恢复呢？

她下午很晚才回到家，刚坐到沙发上，手机就响了，是杰森打来的。他问她今天过得如何。她说她想他，问他什么时候从旧金山回来。

"我们必须谈谈。我想谈谈。"

"我也是，"他叹了口气，"我也是，凯拉。"

"你在那儿干什么？"

"我在找东西，"他说，"但进展不太顺利，有些困扰。"

"你在找什么？"

"我以后再告诉你。我想在这儿很快就可以结束了。但之后，我就不知道了。"

他的声音里有种绝望的味道，她也明显地感觉到了他的绝望。她没有问他出了什么问题。她不在乎。对她来说，只有一件事是重要的。

“答应我你很快就回来？”

“我保证。”他轻声允诺。

时间慢慢流逝。她换了许多电视频道，但并没太留意播放的是什么。

10点钟，杰森又打来电话，心情听起来完全不一样了。他激动、热情，好像突然着了魔，甚至连声音听起来也不一样了。他叽里呱啦地说着，就像机关枪，但她只是机械地听着。她确实听到他要她去西蒙娜家。他不想让她一个人在家。他发现了什么，找到了什么人，第二天早上会乘6点的航班从旧金山飞回洛杉矶。

然后他挂断了电话。她坐在那里，默默地盯着手机。现在再去西蒙娜家有点太晚了，而且，她也不想去。她决定留在自家的峡谷景观房。

尽管晚上没有镰刀死神，但凯拉梦到了自己和拉尔夫一起待过的帐篷。只是这次在她身边的不是拉尔夫，而是杰森。杰森尖叫着——他着火了。猛烈的火焰包裹了他全身。他的皮肤在流血，变黑。他惊恐地尖叫起来。

他惊慌失措地转身扑向她，她感觉到了他，真的感觉到了。她猛地醒来，感到嘴被一只手捂住了。

一个高大的身影，一袭黑衣，正俯身面对着她。一个活生生的人。这人不知何时潜入卧室，用手捂住了她的嘴。他身材高大，肩宽体壮。刹那间，他拿开手，狠狠地在她脸上打了一个耳光。凯拉尖叫着。

又一个耳光。一个又一个……他似乎着了魔，停不下来了。她的舌尖舔到了自己流的血。她痛苦的呼喊声越来越大。

床头柜上，就在伸手可及的地方，她的手机响了，但是她拿不到。现在黑衣人手里拿着一把匕首。匕首在从窗户透进来的月光下闪闪发光。她的尖叫声开始颤抖。

匕首深深刺进了她的腹部。

剧烈的疼痛。他要杀了她。

他粗暴地把她翻过来，让她趴着。

他一只手伸进她的内裤，捏了捏她的屁股，另一只手把匕首深深刺进了她的背部。

刺痛彻底击垮了她，她昏了过去。

第二十八章　旧金山

和乔·布雷斯纳汉道别后，杰森开始计划下一步行程。他先去了咖啡馆，在网上买了一张从拉斯维加斯到旧金山的机票，第二天拂晓就驾驶通用SUV离开了佩塔山市。

两个半小时后，他到达了拉斯维加斯。他无暇在赌城流连，完成异地还车后，就去了机场，准备搭乘下午2点40分飞往旧金山的航班。

4点10分，航班在旧金山国际机场落地，杰森租了一辆福特轿车驶向旧金山郊区。在一所平房前的车道上，他下了车。

杰森走近平房的前门时，一个50岁的秃顶男人开门走了出来。他上穿一件肥大的夏威夷衬衫，下面是一条卡其布短裤和一双凉鞋。衬衫不仅没有遮住他的肚腩，反倒更显得他大腹便便。杰森知道他叫菲尔·华莱士，是舅舅克里斯的老邻居。

在舅舅的葬礼上，杰森与菲尔寒暄过。昨晚杰森在佩塔山客栈给菲尔打了个简短的电话。

“你好，杰森。”菲尔说，“我看见有车来了。”

杰森走上去和他握手，“你好，菲尔。”

“旅途愉快吗？”

“平淡无奇。”

菲尔点点头，“这才是最好的。进屋吗？我能为你做点什么？”

“谢谢！”杰森说，“我明天能再来吗？我想去你推荐的那家汽车旅馆，今晚我还要去见雨果·谢弗。他明天和后天都抽不出时间。”

“这么说你联系上他了？我给你的电话号码一定是对的。”

“是的，还有菲利普的号码也没有错，我明天要见他。我只是想顺便来说一声，我到了，谢谢你！”

菲尔好像赶蚊蝇一样摆了摆手，“不着急，明天下班后我在家里，5点左右。你时间合适吗？”

“完全可以。”杰森想了一会儿后又说，“既然我来了，也许我可以问你一些事情。克里斯有没有提过他在佩塔山市做什么？”

菲尔皱起眉头，“佩塔山市？在犹他州？”

“不是，在亚利桑那州。”

“亚利桑那州，是的，你说得没错。怎么了？”

杰森叹了口气，“我希望你能告诉我，克里斯跟你提过这个小城吗？”

菲尔摇了摇头，“没有，想不起来。怎么了？”

“明天再告诉你，”杰森说，“还有一件事，如果你不介意的话，乔金斯这个姓氏你听说过吗？”

菲尔想了想，摇了摇头，“抱歉，不知道，这和我有什么联系吗？”

“说实话，我不知道。”杰森坦言道。

进展不顺利。凯拉离开了他，现在杰森从大西南来到了北加州，到目前为止一切都是徒劳。

也许他在舅舅最好的朋友雨果和菲利普·加西亚那里会有好运。

杰森和菲尔道别，开车去了冲浪山汽车旅馆。登记入住后，他给凯拉打了电话。通话时间不长，但至少她和他说话了。

至少目前他们的关系还没有崩盘。

第二天下午晚些时候，杰森最初的失望变成了绝望。他觉得舅舅克里斯可能隐瞒了什么秘密，但他的调查毫无结果。雨果没有提供出任何有关佩塔山市或乔金斯一家的信息，菲利普也没有。两个六旬老人，一个瘦削，头发灰白，另一个栗色皮肤，一头黑发，一直不停地追忆着过去——那些杰森不愿听到的回忆。

主要是关于克里斯热衷奖品收藏的事。克里斯对任何类型的奖牌、证书、优惠券或奖金——无论面额多少，都充满了热情。杰森最后一次看到舅舅如此兴高采烈是在父亲上次生日聚会上，当时他又赢得了一个钓鱼奖。杰森答应过克里斯很快会去看望他，但再也不可能了。舅舅所在的旧金山离洛杉矶不近，而且杰森总是有更紧迫的事情要做——至少在当时看来如此。当然，他一再推迟去旧金山旅行的借口不过是：各种借口。如果杰森知道舅舅病得严重，他一定会去的。但是，尽管克里斯对自己的获奖描述详尽，他对自己内心的黑暗面却缄默不语。

是什么驱使克里斯上吊自杀的？雨果和菲利普都无法给杰森启发性的解释。是的，他们注意到克里斯一直在发烧，体重也减轻了一些，但从未发现这与癌症有关。杰森认为这样的事是不可能保密的，但是，他那古怪的舅舅却设法做到了这一点。

现在，他唯一的选择就是和菲尔谈谈。之后，他会回家，与凯拉重归于好。

杰森把车停在克里斯家平房前的车道上，坐在车里，从内后视镜里盯着自己那双布满血丝、黯淡无光的眼睛。

手机铃声响了。是《汽车之歌》的旋律，他想不起是哪支乐队演奏的了。这还是在为汤米·琼斯做推广方案期间，他创意低潮时下载的一首歌，其实他并不喜欢。

他接起电话，“杰森·埃文斯。”

“我是布莱恩。”

杰森拍了拍前额。该死！他完全忘记给老板打电话的事了。明天是星期一，他答应要回去工作的。

他决定不再拐弯抹角。

“对不起，布莱恩，我明天回不去了。”他闭上眼睛，等着布莱恩的一顿臭骂。布莱恩确实火冒三丈，责问杰森是不是完全失去了理智。

“你不能这样撂挑子，”布莱恩咆哮道，“还根本没完呢，因为很多事情都取决于汤米·琼斯的推广方案。”最后，布莱恩稍微冷静了一点，问杰森到底什么时候会回去工作。

杰森自己也没有想过这个问题，因此没有明确的答案。

我想我需要休假，布莱恩。就让我暂时远离那些烦心事吧。去他妈的市场推广，去他妈的汤米·琼斯。

“我明天给你打电话。”杰森冷冷地说，“到那时，我应该更清楚何去何从。”

“屁话！你在外面干什么呢？还在沙漠？”

“我明天再和你谈，布莱恩。”他不等对方回应就按下了“结束”键。

他抑制住想通过打砸来发泄情绪的冲动，想起从昨晚起就没有和凯拉通过话了。他犹豫着按了她的号码。他的声音轻柔，但有些沙哑；她想聊天，和好。这令人鼓舞。如果她愿意再给他一次机会，他会抓住不放，就像溺水的人看到了扔过来的救生圈。

也许，他责备自己，他早就该意识到这一点。

菲尔家的客厅格调高雅，有不少古董家具。他把一瓶冰镇百威啤酒放到杰森面前。菲尔的妻子乔伊丝进来和客人打了个招呼，又回到厨房继续做晚饭。杰森注意到，厨房的台面上放满了锅碗瓢盆。菲尔微笑着也朝厨房看了看。

“乔伊丝不介意做饭，所以你也不会听到我抱怨，”他笑道，拍了拍圆滚滚的肚皮，“我吃得比在餐馆好。顺便问一下，你今晚能和我们一起吃晚饭吗？”

由于没有其他计划，杰森礼貌地接受了。

“雨果那边怎么样？”菲尔向后靠在椅子上，喝了一大口啤酒，问道。

“和他谈话很愉快。”杰森答道。尽管一无所获，但谈话确实很愉快。

“你也见过菲利普了？”

“是的，但没再见其他人了。”

“你在旧金山要待多久？”

杰森耸了耸肩，“我不太确定。”

菲尔期待地向前倾了倾身子，“好吧，杰森，你为何不和我实话实说？你为什么来这儿？”

杰森喝了口啤酒，苦笑道：“就像我昨天告诉你的，说来话长。”

菲尔凝神打量着他。客厅里一阵安静，只有从厨房传出一些细微的声响，乔伊丝正在精心准备晚餐。

“我以为你来这里是因为你也不相信。”菲尔直言不讳地说。

杰森皱起了眉头，“不相信什么？”

“当然是他的自杀。”菲尔大声说。

杰森眨了眨眼睛，“我没听明白。”

菲尔叹了口气，“我不相信。乔伊丝也不信。可惜没有其他人了。”

杰森身体前倾，“你能说得更具体些吗？”

菲尔耸耸肩，“也没有多少要说的，只是我从来没有看到克里斯有打算自杀的迹象。当然，你也可以说很多人就是毫无征兆地结束生命的。但克里斯去世的那天晚上，我和他在一起。也许我是最后一个和他说话的人。几个小时后，他就在阁楼上悬梁自尽了。”

“葬礼上，我从来没有听到过这事。他对你说了什么？”

菲尔做了个怪相，但难掩悲伤之情，“知道吗，说的就是这个。我们相约两天后去打保龄球。他当时还露出志在必得的笑容——这一点我记得很清楚。克里斯总是想赢。如果我们相约时他已计划自杀，那他可真是个影帝了。但他不是演员，那晚肯定不是在演戏，我敢发誓，克里斯是真诚的。我非常了解他。事实上，我比其他人更了解他。那天晚上他很真诚。相信我。”

杰森盯着自己的脚看了一会儿，然后抬起头，“所以你怎么认为？”

“你舅舅不是自杀的。”菲尔断言。

杰森突然有种奇异的感觉，仿佛又产生了幻觉，“那你认为发生了什么事？”

“只有一个结论了，不是吗？”

杰森点了点头，声音变得嘶哑，“他不是自杀的，是被谋杀的。”

菲尔的沉默证实了这一点。

“你有证据吗？”

菲尔又喝了一大口啤酒，“嗯，当然，我和街坊邻里讨论过。但是我没有证据，其他人也没有。然而，街对面的伯特·卡尔森说，克里斯自杀的那天晚上，他看到一个男人站在他家屋前的人行道上，盯着克里斯的房子。”

乔伊丝把头探出厨房的门，“我在摆餐具了。你们马上过来？”

菲尔回头瞥了一眼，“这就来，亲爱的。”

“还有什么？”杰森轻声问道。

菲尔若有所思地看了他一眼，“伯特碰巧从窗口看到了那个男人，但他没有一直盯着。后来，那个人就不见了。”

“所以没有证据。”杰森说。

“客观地说，确实如此。”菲尔说，“没有证据。我也没能说服警察。你知道他们是怎么说的。”

杰森知道。警方简单调查后得出的结论是，克里斯可能因为癌症带来的身心痛苦而精神失常。他们认为他摔了一跤，因为他的脸上有伤，当然也可能是他自残造成的。他留下一封遗书，然后上楼结束了一切。

“人行道上的那个人，长什么样？”

菲尔耸耸肩，“当时天黑，但伯特还是看出那是个体格健壮的大块头，你绝对不会想和这种人搅和在一起。他从头到脚一身黑。”

杰森陷入沉思。这可能没有任何意义，菲尔不过是在坚持一个偏执的理论，甚至可能是一种强迫症。杰森了解强迫症。

现在，他突然有一种想到舅舅的房子里看看的冲动，“菲尔，你有克里斯家的钥匙吗？”

“是的。房子出售之前，我会一直照管着。乔伊丝还不时进去打扫一下。克里斯的家人并没有要求她这么做，而且她也没有什么报酬，她只是想这么做。”

“你介意我进去看看吗？”

“我为什么要介意呢？”菲尔说，“你在找什么特别的东西吗？”

“我不确定。至少我可以利用这个机会正式和克里斯舅舅告别。”

菲尔站起来，“没问题，我们稍后就去那里。现在赶紧去吃晚饭，否则乔伊丝又要催促了。”

杰森跟着菲尔来到餐桌旁。乔伊丝早已摆好了一桌丰盛的晚餐。

尽管如此，杰森还是没有胃口。他一直焦虑地盯着桌上点燃的蜡烛。要是让乔伊丝吹灭蜡烛，他觉得很不礼貌，所以他什么也没说。

克里斯的房子对杰森来说意义非凡。三个月前参加葬礼时，他有过这种感受，这次依然。只是今晚一切都很安静。上次小屋里挤满了人，整个家族的人几乎都来了。埃塞尔姑妈一直在哭；汉克姑父没再问他的公司是否在寻找大客户；希拉里姑妈把她的医疗投诉日记落在家里了。气氛像黑夜一样黯淡消沉。杰森一直搂着凯拉，抚慰她。

克里斯的几位老友也都来了。雨果、菲利普、菲尔和其他三个人，一个叫雷吉·格里芬，还有两个人的名字杰森记不起来了。杰森和他们基本上都是简短地寒暄几句。克里斯是个内向的人，一般不轻易吐露心声，只有新游戏或比赛才能使他兴奋起来。葬礼上很多是与此有关的回忆。例如，他打牌输了，这似乎能导致他大脑短路，他用头撞墙时表现得尤为明显。还有一次，他与评委意见相左，其实那场比赛他没有参加，但还是非常愤怒，甚至威胁要起诉他们。

讲这些故事的唯一目的就是试图为克里斯最终所做的事情找到某种解释。杰森得出的结论是，古怪的克里斯舅舅无法直面失败。他永远无法战胜摧毁他身体的癌症，不可避免地会输掉这一轮，这也许就是为什么他决定在比赛结束前就退出。

他没有演戏，至少那天晚上没有。

杰森转向菲尔。菲尔就站在他旁边，客厅的中央。家具仍在原处，和原来一样。还有三个架子，上面摆放着各种奖杯、证书和剪报簿。没有人敢拿走或移动任何东西。他的照片仍挂在墙上。杰森有一种感觉，要是克里斯此时走进房间，他一点也不会感到惊讶。

“这房子什么时候出售？”菲尔问道。

“家人还在考虑怎么处理，”杰森回答，“他们还没有决定。”

菲尔点点头，“出售可是一件棘手的事情，除非有人一眼就爱上这个地方。但这种可能性不大。人们一定会知道这里发生了什么。”

杰森没再理会这个话题，“我们去阁楼看看。”

菲尔领着他上楼。阁楼是克里斯的娱乐室，两边各有一个带天窗的倾斜屋顶。一根巨大的支撑梁贯穿了整个天花板，克里斯就是在这根梁上上吊的。菲尔抬头看了看，杰森也跟着看了看。他们谁也没说什么。没什么可说的。

菲尔低头看着自己的脚，叹了口气。

她去找拉尔夫了，你知道的。

杰森瞥了菲尔一眼，“你说什么？”

菲尔扬起眉毛，“我没说什么啊。”

杰森再次聚精会神地聆听，目光落在巨大的横梁上。

他是不是又听到了内心的声音？还是克里斯的声音？

突然，仿佛有人打开了空调，他手臂上起了鸡皮疙瘩。

杰森想离开了，于是转身走向楼梯。菲尔跟着他。

“怎么了？”下到客厅，菲尔关切地问道，“你在阁楼表现得很古怪。在我看来，你在这里并不舒服。”

杰森还在喘息，好像刚跑完一段路。

我失去理智了，菲尔。就像凯拉说的。说吧，跟我说同样的话。

“我想我需要坐一会儿。”

他一屁股坐在沙发上，好久没人坐在上面了。

现在他就在这里，在他出生和克里斯·坎贝尔去世的平房里。1977年，克里斯曾在佩塔山市。杰森知道，因为他在乔·布雷斯纳汉出示的老照片中认出了舅舅。克里斯参加了送葬队伍，看着罗伯特、阿曼达和迈吉·乔金斯的遗体被埋进安息地。

杰森非常肯定，他记得克里斯曾提到过佩塔山，在儿时画画时，他误以为是“Mapeetaa”。但杰森同样确信克里斯从未说过他参加过乔金斯一家的葬礼。

这是解开这个恐怖之谜的另一条线索。

克里斯在那里做什么？

这个问题的答案至关重要。

那天早些时候，杰森打电话问父亲这个问题，但是爱德华没有能给他什么启示。一时冲动，他又打了两个电话。第一个打给埃塞尔姑妈，第二个打给斯蒂芬妮姑妈。两次通话耗时45分钟，但都没有任何结果。斯蒂芬妮姑妈情绪爆发后，杰森不愿再给其他亲戚打电话了。

“菲尔，你能让我单独待一会儿吗？”

菲尔似乎想问个问题，但只是点点头。

“你过会儿回去吗，杰森？”

“当然。”

“你走的时候把门关上就行了。”菲尔一边走一边说，“你走后我再来锁门。”

现在只有杰森一个人躺靠在沙发上。屋子里出奇地寂静，过去的记忆变得清晰。他莫名其妙地想起了一首童谣，是小时候克里斯教他的。

在我父亲的后院，有一棵蔬菜树。这里有棵树，那里有棵树，每棵树都有一根树枝。这里有一根树枝，那里有一根树枝，每根树枝都有一个窝。每个窝都有一个蛋。这里有一个蛋，那里有一个蛋，每个蛋上都有一个黑点。你知道这是什么吗？

克里斯一直喜欢谜语。不过这个谜语没什么意思，仍然是……一棵蔬菜树。他想起乔·布雷斯纳汉家屋旁的菜园。一个黑点。烧焦的东西：烧焦的地方？还有一个洞：这是不是坟墓的另一种说法？窝里的蛋？一个孩子想做什么就做什么，不会死？这种思维的跳跃真有点病态，他责备自己。

杰森突然把头转向左边。

在他正前方，瓷器柜底下的地板上有什么东西。一颗宝石？他本来很难看到的，只是因为躺靠在沙发上，目光恰巧落在上面。

他的直觉告诉他这很重要。他站起身，来到柜子前跪下，把手伸到下面，试图够到那个东西。但运气不佳。他又俯下些身子，指尖终于够到了。

是一枚戒指。一枚银戒指。小巧精致，上面有一个凯尔特十字架。

他知道这戒指是谁的。

他想起了别的事情。

杰森关上大门，回到菲尔家。他没有逗留，还有其他准备工作要做。他要尽快回到洛杉矶。最后一趟航班是晚上10点37分的，但已经订不上了，他只能乘明天早上6点的通勤航班。他激动不安，又困惑不已。他给凯拉打电话。

通话的时候，他想起了自己在阁楼听到的可怕声音，这让他更加担心凯拉。他坚持让她不要一个人待在家里，让她去西蒙娜家过夜。明天他将乘首趟航班从旧金山赶回。他想到了一个人，这意义重大。他需要去见这个人，然后，他希望，一切真相大白。

第二十九章　绑架

杰森从浅睡中醒来，又看了一眼床边的电子闹钟：凌晨1点55分。他掀开被子，起床去冲了个澡，穿好衣服，踮着脚尖穿过冲浪山汽车旅馆的寂静走廊。他给夜班服务员留了一张便条和足够付房费的钱。2点45分，他溜进租来的福特轿车，离开了停车场。不一会儿，他就淹没在旧金山夜色的车流中。

杰森头痛不止，眼睛充血，精疲力竭。

但他要回家。

尽管有些莫名其妙，他还是在车里给凯拉打了个电话。现在是半夜，如果她开着手机，铃声会把她吵醒。他不明白自己为什么要打这个电话，好像内心有个声音在命令他，他无法抗拒。他也不明白她为什么不接电话。

太晚了，他想。但现在不是焦虑的时候，因为这毫无意义。再过几个小时他就到家了。他们会把事情谈清楚，重新开始。当然，在这之前，他还要做最后一次短途旅行。

这一切还没有结束。还没有。绝对没有。

但现在他担心的不是自己，而是凯拉。

你已经失去了她，他脑中那个恶毒的声音在低声说。

夜色中轿车在旧金山的街道上疾驶，他感到一条冰冷的蛇穿过身体，这是他从未体验过的。他想到了峡谷景观房，想到了那个不大但舒适的客厅，若没有了她，那客厅就太空了。有凯拉才有了房间里的一切。那只东方花瓶是她在洛杉矶一家不起眼的小店买的，他觉得又丑又俗气，但她把花瓶带回家时，却高兴得像个孩子。看，杰森，你难道不喜欢它吗？而对那个低价买来的古董橱柜，她花了几周时间刮掉旧漆，打磨，重新上漆，使之焕发出新生命。还有那只摆放在玻璃茶几上的精致茶色花篮，真是好看。

“不，”他喃喃自语，“我不能再迟了。”

3点45分，他已经在候机室，是第一个等着联合航空3126次航班的乘客，而离起飞还有两个多小时。他又试着给她打电话。打通了，她没有关机，但没有人接。他又尝试打了峡谷景观房的座机，依旧没人接听。

一阵恐惧袭上杰森的心头。他越来越相信发生了什么不幸的事情，一件不可逆转的事情。

两个小时的等待太折磨人了，而飞机在云端的飞行时间似乎更长。尽管如此，航班在洛杉矶国际机场落地时才7点30分，朝阳分外明媚。当允许开机时，他立即打开手机，看到了在飞行中收到的三条信息。

凯拉的，他想，精神随之振奋起来。

他在走向航站楼的通道里听取留言。第一条语音信息并非来自凯拉，而是西蒙娜的。

"杰森！"她的声音有些惊慌失措。

该死，他想，一定是出了什么大事。

但他怎么也想不到情形会如此糟糕。

杰森砰的一声关上出租车的门，冲进太平洋峡谷医院。他一路上推开挡道的人，直到一位身穿白大褂的医生拦住了他。这位身材高大的医生在两名助理的帮助下，才设法让他平静下来。虽然杰森没有心情合作，但他没再反抗。相反，他突然感到灰心丧气。医生尽可能地安抚他，杰森迷迷糊糊地听到凯拉正在做手术，目前还没有确切的报告。医生向他保证，她受到了精心照料。杰森必须要有耐心。

"她还活着？"他急切地问道，"你至少能告诉我这点吧？"

医生没有回答。他现在能做的只有等待，坐着等待。

一名医生助理领着杰森走进一个房间，里面已经坐了五个人。爱德华·埃文斯首先站起身，上前搂住儿子，拍了拍他的后背，低声说："上帝啊，儿子，上帝啊。"

凯拉的父母丹尼尔和安东尼娅·希恩也在。杰森几乎认不出丹尼尔了，他呆若木鸡般坐在那里，与平时那个快乐、成功的商人形象判若两人。丹尼尔·希恩总是让杰森想起肥皂剧《豪门恩怨》里的布莱克·卡灵顿。丹尼尔同样头发灰白，眼睛炯炯有神，气势威严。

但是今天，丹尼尔的自信完全消失了，杰森看到的是一个心烦意乱的老人。安东尼娅也一样，她通常是个时尚高雅、面带微笑的女人，而今天早上看起来完全被击垮了。

西蒙娜和克利夫夫妇也在。克利夫脸色苍白，惊恐万状，一言不发，只是紧紧握着西蒙娜的手。西蒙娜眼睛红肿，一看见杰森又哭了起来。

“杰森……”她哽咽着。

克利夫站起来，不知是拥抱杰森还是与之握手。最后是既没有拥抱也没有握手，他又坐回到椅子上。

“发生了什么事？谁能告诉我？”杰森问眼前的五个人。这不是要求，而是请求。

“杰森，我……我不能……”西蒙娜结结巴巴地说。屋里的其他人都看着地面，沉默不语。

“是的，你可以，西蒙娜。告诉我。”

他需要听听。他需要听点什么。如果没有人说话，他只能得出她已经不在人世的结论。

“她昨晚遭到袭击了，”西蒙娜一边抽泣一边说，“她被刺了好几刀。”

杰森已经知道这点，但听后依然心如刀绞。

“凶手以为她已死就溜了，但她还是挣扎着拨打了911。她在救护车里清醒了一会儿，说袭击者是个身材高大的男人，穿着黑色衣服。她就说了这些，我们也就知道这些。”

菲尔的话突然从他的脑海中一闪而过。

他是个体格健壮的大块头，穿着黑色衣服。

西蒙娜又开始结巴起来，克利夫把她拉到怀里，她把脸埋在他的胸前。杰森想着今后是否还有人可以安慰自己，如果凯拉死了……

不，还没有到那个地步，他竭力使自己相信，她还活着，坚持住！

难以置信。他内心深处最害怕的事情还是发生了。这无法解释，但它千真万确。

他盯着灰色地板，泪水刺痛了眼睛，他拼命想止住泪水。没有人会因为他流泪而责备他，但哭又有什么用呢？这对她或对他自己都无济于事。他必须保持头脑清醒。

一屋子六个人就这样等着。

杰森透过窗户看到太阳继续爬升。然而，他觉得天已经完全黑了。在黑暗中徘徊——从今以后，这就是他的命运。

11点半，房间的门开了。一圈圈的烟从门框缝里飘进来。就在火焰跃入房间之前，杰森感到了灼热，那是地狱里的火舌。杰森惊恐地看着烈焰，然后看向其他人。令人难以置信的是，他们什么也没有注意到。

凯拉出现在火堆中央。毫无疑问，这就是她，从头到脚都燃着火。她狰狞地狂笑着，像个女巫。她的手，变成了利爪，刺向他。

你离我而去，现在我死了。你抛弃了我。但我不会一个人走。我要带你一起走！

他紧紧地闭上眼睛。

这一切都没有发生，这是不可能的，他惊恐地想着。

他等了几秒钟。再次睁开眼睛时，他看到医生站在门口，火已经消失，所有的东西都不见了，除了站在门口的医生。

医生表情严肃地看着他。

杰森的心沉了下去。

你离我而去，现在我死了。

现在我死了。

医生带来的是坏消息。

三个小时后，杰森拖着沉重的脚步在医院走廊里走来走去。他一直在啜泣，眼圈都红肿了。一个魁梧的男护士同情地盯着杰森，但当杰森看向他时，他迅速转移了目光。杰森需要独处一段时间，独自承受悲伤。不知不觉间他发现自己来到了医院小教堂前，便走了进去。

他来到一个设有耶稣铜像的小祭坛前，在一条长椅上坐下。突然，他的手机响了，打破了教堂的宁静。他愣了片刻才从口袋里掏出手机，不过没有理会来电就关掉了手机。他闭上眼睛祈祷，为凯拉祈祷。

他听到身后的门开了，便扭转头，看到那个男护士走了进来。来告诉他什么消息呢？

但当那人走近时，杰森觉得有点面熟。

是谁呢？他一时想不起来。但当那人咧嘴一笑时，他想起来了。倒不是因为那一笑，而是因为对方满嘴黄牙中少了一颗。

那颗牙齿，还有那双阴沉的棕色眼睛。

他跳了起来，好像被一只致命的昆虫蜇了一下。

“哦，上帝，”他低声叫道，“你！”

男护士抓住他的手臂，脸上的笑容消失了。

“你好，杰森。”道格·沙茨说。

就是这个道格·沙茨，在大学时强奸了西班牙女生玛丽亚，是杰森说服玛丽亚告发了施暴者，并最终将其送入监狱。而眼前的道格与当年那个又高又瘦的愣头青相比已是判若两人。他肌肉强健，看起来像个健美运动员。

“放开我！”杰森喊道。

道格恶狠狠地瞪了他一眼，一掌击在杰森的脖颈上。他头晕目眩，身体不听使唤地瘫了下去，剧烈的疼痛传向两侧肩膀。

“不用你告诉我该怎么做，明白吗？”道格在他旁边蹲下，说话的口气就像老师在训斥任性的孩子。

杰森闻到对方的呼吸中有酒精和香烟的味道。突然，道格拔出一把匕首，举到杰森的眼前。

“不要出声，乖乖地跟我走！听到了吗？”

杰森点了点头。

“如果不老实，你就会落到和你妻子一样的下场。”

道格说完把他拽了起来，一只手臂挟着他，刀尖顶着他后背。杰森根本没有力气反抗。

道格押着他来到医院的停车场，在一辆白色奔驰商务车前停下。

道格打开车后门，从车里拿出绳子，将杰森的手腕和脚踝绑起来，然后把人推了进去。车子启动后，头晕目眩的杰森才回过点神来，注意到车的角落里有一堆黑色衣服。

第三十章　米奇

杰森不知道自己像一头困兽在商务车后部躺了多久。道格·沙茨，那个杀了他妻子的凶手，正在开车。他彻底崩溃了。

商务车终于停了下来。杰森听到道格跳下车，接着是车库门上升的咔嗒声。很快道格把商务车开进车库，然后打开车后门。

这间车库，杰森认得。

车库连接主屋的门打开了，一个坐在轮椅上的男子出现在门口。一个面目全非的人，但相对于耳朵、鼻子、嘴唇和眼睑的缺失，他脸上的伤疤更加瘆人，仿佛暴露出心中暗藏的杀意。

杰森记得有人认为卢·布里格斯犹如弗兰肯斯坦创造的怪物，确实很有道理。卢狞笑着看了杰森一眼，好像在想这次杰森·埃文斯陷入了什么恶魔之巢。

而此时的道格像个保镖，双臂交叉抱在胸前，站立一旁听候命令。

“去过医院了吗，杰森？”卢问道。

尽管杰森恶狠狠地瞪着他，卢却毫不在意。

“道格犯了个小错误，但他晚些时候会完成这项任务。”

杰森闭上眼睛，又睁开，“我妻子死了。她死于12点15分。我当时在医院。”

他的嗓音嘶哑，几乎听不清。

卢瞪大了眼睛，“真的吗？呃，你都知道什么？这个问题自行解决了。”他发出刺耳的笑声。

“你这个肮脏的混蛋！”杰森尖叫着。

卢挥了一下手，好像在驱赶叮咬他的蚊子。

“我和你有很多事要谈，杰森，”他冷冷地说，“我知道你受到的打击不轻，但你会老老实实的。如果不老实，有你苦头吃。”

“我才不在乎呢！”杰森叫道，“把我也杀了吧，你这个狗娘养的，一了百了！”

卢摇摇头，“真令人失望。你不想知道凯拉为什么要死吗？还有你的舅舅克里斯？”

杰森惊讶地张大了嘴。

“但在我告诉你之前，我想听听你那边的最新进展，”卢说，“这样我就知道从何处讲起。你都发现了什么？你告诉你妻子你在旧金山发现了一些东西，到底是什么？”

卢怎么会知道他和妻子通话了？杰森一脸疑惑地想。

“哦，你还不知道，”卢说，“道格在把第一张照片送到你公司之前，潜入了你家。这不难，你总是忘记锁门。他在你家里安装了多个窃听器，像电话里、橱柜后面等。你和凯拉之间发生的一切我们都了如指掌，包括你上次和她的通话，你说要回洛杉矶。”

杰森难以置信地摇了摇头。

“你知道吗，那三张照片是我拍的，”卢继续说道，“道格只是个送信的。还有，你也不用吃惊，那天晚上，你们参加完父亲的生日聚会驾车回家时，把你们的车撞下公路的也是他。”

杰森咬着嘴唇。

“说实话，是那个电话触发我行动的。我以为你要来找我，我得抢先一步。我要先报复凯拉，然后再报复你。”

杰森仍然躺在白色奔驰商务车的后部，手脚被绑着，动弹不得。他确信自己很快也会被杀，但他不能就这样白白死去，他要为凯拉复仇。

“没错，我确实要来找你，”杰森说，“我发现你去过克里斯家。我找到了你的戒指。它滚到瓷器柜底下了。我突然明白为什么我上次来看你的时候，你一直在搓手。你的戒指不见了。”

卢咧嘴一笑，“原来是掉到那儿去了。你带来了吗？”

杰森又咬了咬嘴唇。

“给我搜身。”卢命令道格。

仍然穿着护士服的道格麻利地爬进商务车的后部，开始在杰森身上翻找。

“是你怂恿那个女生告发了道格，你知道他有多恨你吗？”卢说，“不过，多亏了你，否则我不会认识他。只要我付出足够的钱，道格就会为我做任何事情。”

这时，道格在杰森的口袋里搜到了那枚戒指。卢接过戒指，在裤子上擦了擦，戴到手指上。

“现在我感觉好多了。”他举起手，笑眯眯地盯着戒指，随即又将目光投向杰森，操作轮椅，来到离商务车后门更近的地方，“说吧，你还知道些什么？这是我最感兴趣的。”

杰森几乎无法控制自己。卢，这个他视为知己的朋友竟然是一切的幕后黑手。他必须绝地反击，而眼下首先要做的就是拖延时间。

“克里斯参加了乔金斯一家的葬礼，”他说，“我知道我一定和死在车里的迈吉有关系。我是在那起惨烈车祸几周后出生的，我的恐火症可能和迈吉的遭遇有关。”

卢饶有兴趣地盯着杰森，追问道：“所以？”

“我觉得有些莫名其妙，迈吉就在我的内心深处。我曾想过也许我是迈吉投胎转世的。”

卢用一根手指敲了敲下巴，“继续。”

“就这些，”杰森说，“这些照片与迈克·乔金斯有关。克里斯参加了乔金斯一家的葬礼，而你和道格杀了他，我不知道为什么。我也不知道你为什么觉得凯拉必须死，你对我又有什么不满。”

“我还以为你能得出更多结论，”卢摇了摇头，有些沮丧，“但我现在相信你是真的不知道。”他叹了口气，转向道格，“开始下一步行动。”

道格从地上捡起一块金属板，搭在地板和商务车后部车厢之间，将轮椅上的卢推了上去，停在杰森旁边。

道格抓起堆在角落的黑衣，砰的一声关上了商务车的后门。过了一会儿，杰森听到车库门再次滑动的声音。他把背靠在固定在商务车一侧的备胎上，挣扎着坐起来，与卢正面相对。他的手腕被绳子勒得生疼。

不久，道格发动引擎，将车倒出车库，又换了挡，开始向前行驶。透过驾驶室和后排之间的玻璃隔板，可以看到他的头顶上烟雾袅袅升起。他现在穿着一身黑衣，还点上了一支烟。

杰森扫视了一眼车内，看到了一堆麻袋和一捆干草，一只麻袋里还露出几根木棍。

他又看向卢·布里格斯，发现对方正在打量自己。

“杰森，既然时间还很长，我就把我的故事讲给你听听，”卢漫不经心地说，“毫无保留。”

在奔驰商务车低沉的轰鸣声中，卢气定神闲地讲述起来。

“这就像一出舞台剧，”他说，“第一个上台的演员是皮特·麦格雷。你，作为观众，了解皮特。他是个用拳头说话的懒汉，也是个酒鬼。第二个即将登台的演员是唐娜·坎贝尔。阴差阳错，24岁的唐娜对30岁的皮特产生了好感。她哥哥克里斯曾经多次警告过她，但陷入爱河的唐娜什么也听不进去。克里斯认为这都是因为妹妹童年所受到的创伤造成的。他们的父亲早早就抛弃了家庭，不知所终，而在唐娜14岁那年，母亲又去世了，留下兄妹俩相依为命。哥哥比她大两岁，是个性情古怪之人。”

杰森感觉喉咙被一只冰冷的手扼住了，很奇怪这个面目全非的疯子怎么会知道这些。没错，卢所说的一切都是事实。

“唐娜的过去并不容易，”卢继续说，“有时在儿童之家，有时在监护人那儿，但从来没有一个可以真正称得上是家的地方。她不想和哥哥一起住在旧金山，尽管他不止一次邀请过她。她从一个城市搬到另一个城市，和一个又一个男人上床，直到在盐湖城遇到皮特·麦格雷。身强体壮的皮特似乎就是她的归宿，她疯狂地爱上了他。那是唐娜一生中最长的一段快乐时光。

“但后来她怀孕了，童话故事就此结束。皮特想让她堕胎。她拒绝了，决定生下孩子。皮特突然间像变了一个人，不再是个好男人。他开始酗酒，喝醉了，就殴打怀有身孕的唐娜。

“有一天，事情不可避免地爆发了。那是唐娜发现自己怀孕几周后，准确地说，是7月13日……”

卢停顿了一下，让杰森有时间想起他是在7月13日收到第一张照片的，然后继续说：“醉醺醺的皮特对唐娜大打出手，直到唐娜下身血流不止。酒醒之后，皮特也被自己的恶行震惊了，干脆一走了之。唐娜自己打电话叫了救护车，住进了医院。康复后，她又给哥哥打电话，最终被哥哥接走。

“唐娜活了下来，但肚里的孩子却未能幸免。这还不是最糟糕的，最糟糕的是医生告诉她，她再也不能怀孕了。皮特毁了她的现在和未来。”

杰森稍微移动了一下后背，靠着备胎直了直身子。卢刚才说的这些事都是他以前从未听说过的。

“皮特是我的生父，”杰森说，“我母亲告诉我的。你为什么会认为……”

突然，他觉得喉咙好像被什么东西堵住了。答案不言而喻。

是克里斯。

只有他的舅舅克里斯可能把这一切告诉了卢。

与此同时，他想起了皮特·麦格雷，一个他只在母亲那儿听到过几次的人。有一次，母亲给杰森看了一张皮特的照片，一个留着长发、胡子拉碴的邋遢男人。杰森不明白母亲怎么会爱上这样一个失败者。事后看来，母亲自己也不明白。

她告诉杰森，皮特是他的生父，但她最终在爱德华·埃文斯那儿找到了幸福。唐娜不想让人提起皮特。杰森能接受这个事实吗？和母亲进行这番谈话时，杰森还很年轻，他欣然答应了。从那以后，他几乎忘了皮特。

但是母亲撒谎了吗？如果皮特不是他的生父，那么谁是呢？

卢是怎么知道的？他为什么关心这事呢？

突然间一切明了，就像打开了智慧之门。

“你知道，皮特结局不好，”卢继续说，“他在一次酒吧斗殴中被刺伤。很明显，他在错误的时间出现在错误的地点。然而，没人在意他的生死。”

卢停顿了一下，杰森思绪翻腾。

“我们继续看戏。”卢在轮椅上稍稍挪动了一下身子，显然很享受这个讲故事的机会。

“失去孩子后，唐娜很沮丧。当然，她也很生皮特的气。但是她明白生活还得继续。然后就发生了下面的事情。1977年8月18日，她驾车行驶在萨克拉门托排水渠旁的98号州际公路上。她已经告别了盐湖城，打算在加州开始新的生活。距离她上次见到皮特·麦格雷已经有五周多了。五周前，皮特在她倒在地板上痛苦呻吟时，毅然离开了她。唐娜正开着车，突然看到前方升起了浓烟。驶近后，她才发现是一辆汽车着火了。她把车停在路边，跑过去看能不能帮忙。眼前的一幕触目惊心：火焰舔舐着一辆底朝天的汽车，困在前排座位上的两个人在尖叫；后座上的婴儿在哭闹，天哪，是两个……"

卢伸出两指，强调婴儿是两个。

"火焰还没有蔓延到这对名叫迈克和米奇的双胞胎新生儿身上，他们还不到三周大，但很快就会烧过来。她必须采取行动，必须做出选择。应该先救谁？根本没有时间思考。唐娜冲过去，顶着浓烟和热浪拽开汽车后座的门，抓住了离她最近的孩子，迅速撤离。车爆炸了，更多的火焰从破裂的挡风玻璃上蹿出来。她目瞪口呆地站在远处，一动不动。过了一会儿，她确信车里的人都死了。但她错了。"

杰森的脑海中闪现出98号州际公路的画面。酷热的8月，烈日炎炎，沥青似乎都熔化了，烈焰正吞噬着乔金斯一家的汽车。

唐娜，一个失去了未出生的孩子的女人，目睹了三个人的惨死。她害怕，发抖，哭泣。车里有三具尸体，她是这么想的。但她不知道还有另外一个幸存者，一个她没有施救的人。

"你现在明白了吗，迈克？"轮椅上的男子问道。

杰森痛苦地点了点头。

是的，我现在明白了，米奇。

第三十一章　秘密

杀害凯拉和克里斯的凶手继续讲述故事，还时不时咧嘴露出令人毛骨悚然的一笑。

“远处又开来了一辆车。接下来的几秒钟对后来发生的一切至关重要。唐娜认为汽车里的三个人都已经被烧死，她做出了一个决定。”

杰森不用猜也知道米奇会说什么。

“唐娜把孩子放进自己的车里，开走了。远处开来的另一辆车很快就到了这边，司机是一个名叫约翰尼·哈尔珀的男人。他是加油站的服务员，经常酗酒，就在前一天晚上还喝得酩酊大醉。8月18日早上，他像往常一样，又喝了一大杯杰克丹尼威士忌，警察后来查明的。尽管如此，当靠近熊熊燃烧的汽车时，他表现得勇敢果断，几乎是在火海中把另一个婴儿救了出来。前排的两个大人已没有生命迹象，但他怀里的婴儿还活着，虽然小家伙伤情严重。顺便说一句，约翰尼不知道有个女人刚刚救了另一个婴儿。他没有留意到前方渐渐消失的车影，精力全在眼前着火的汽车上了。如果他没有那样做，我就不会在这里告诉你这一切了。”

不知从什么地方传来咔嗒咔嗒的响声，接着是金属的当啷声，杰森不知道那是什么。道格的头顶上再次升起一股烟雾，显然他又点燃了一支香烟。

“约翰尼从车里抢救出来的孩子活了下来，但他注定要过面目全非的一生。尽管多年来进行了一系列外科手术，但还是无法补救。这个孩子，后来长大成人，因为患有无法治愈的肌肉萎缩，大部分时间都坐在轮椅上。”

米奇·乔金斯停顿了一会儿。也许他认为杰森应该为他感到难过。杰森想起了乔·布雷斯纳汉的话，少了一个，那个去哪里了呢？他原以为乔说的是一张照片，现在，他明白老人指的是另一个婴儿。

杰森，原名迈克·乔金斯，咬紧牙关，试图把手腕和脚踝挣脱出来，但无济于事。道格把他捆得太紧了。

“让我们回到唐娜身上，”米奇说，“就像我说的，她认为车里的人已经死了，所以带着救出的孩子迅速离开。”

杰森突然想起他躺在马克心理诊所诊察台上的情景。他越来越清楚，那个被火焰包围着的人——那个火神，到底是谁了。唐娜·坎贝尔，那个他一直以为是自己生母的女人。

Mawkee，他想着，在我成为杰森之前，她叫我迈吉。

“她是带着我离开的。”杰森嘶哑地说。

米奇又狰狞地咧嘴一笑，“是的，带着你，虽然一开始并不清楚。你和我当时只有几周大，是同卵双胞胎。谁能分得清哪个是米奇，哪个是迈吉？幸运的是，有人说我们的父母在我们出生后不久就发现我们并不完全一样：我们体内的器官是镜像的。这种现象有时会发生在同卵双胞胎身上，被称为内脏逆位。很明显，这也是我经常感冒的原因。”

米奇停顿了一会儿，若有所思地用手指敲着下巴。

“如果没有那场火，或者唐娜当时救的是我，我看起来应该是你现在这个样子。”他低声说道，“但是我被烧伤了，而你……嗯，就成了现在这个样子。”

米奇咽了口唾沫，摇摇头，“好了，不说这个了，现在继续演出。在带着你驱车离开的最初几分钟或几个小时里，唐娜惊恐万状。毕竟，她刚刚目睹了三个人被大火吞噬。

“然后，她当然意识到自己犯了罪——她偷走了你。惶惶不安中，她以最快的速度把车开得远远的。傍晚时分，在稍微平静之后，她给哥哥克里斯打了电话。听了妹妹的讲述，克里斯力劝她去旧金山。

“唐娜同意了，驾车去了哥哥家。在接下来的几天里，她一直处于极度恐慌之中，精神几近崩溃。

“克里斯通过官方报道了解了那起车祸的相关情况，随后决定去佩塔山市参加乔金斯一家的葬礼。除了表达哀悼之情，他也想知道人们对失踪婴儿的看法。结果是，没人提及这个婴儿。

“唐娜一直深感懊悔，一度想向警方自首，但最终还是隐瞒了此事。克里斯建议她和皮特谈谈。如果她想要这个孩子，就必须让世人相信这是她和皮特的孩子；如果有人问起，皮特还必须能为她证实。但唐娜不想再和皮特有任何牵扯，克里斯只得亲自去见皮特。谈话不长，很顺利。皮特只想摆脱唐娜，别的什么都不在乎。

“克里斯想出了一个掩盖真相的计划。他们需要一份出生证明，证明唐娜和皮特是孩子的父母。他们不能在犹他州为孩子注册，因为那里有太多的人知道她在1977年8月没有怀孕。选择她出生的城市旧金山更顺理成章。他们编造了一个可信的故事，说唐娜去探望哥哥，孩子比预期早产了。克里斯说服皮特也来到旧金山，帮助完成档案记录。皮特、唐娜和孩子还一起拍了照。然后克里斯把他们带到户籍登记处共同签署出生证明，他甚至设法找到了一个愿意作证为孩子接生的人。这个人欠克里斯——欠什么无关紧要——关键是在假出生证明上的签名偿还了他的债务。

“于是，9月2日，杰森出生了。杰森这个名字本来是唐娜给腹中的孩子取的——皮特扼杀的孩子——如果是男孩的话。迈吉死了，她的孩子出生了。哦，当然有些人对新生儿的个头表示怀疑，但没有人深究。从那之后，唐娜再也没有见过皮特。克里斯劝她离开旧金山，到别处去开始新的生活。她选择了洛杉矶。在那里，她遇到了爱德华·埃文斯，并坠入爱河。这一次是真的。两年后她嫁给了他。此后的余生中，唐娜一直坚称皮特是杰森的生父，她在儿子出生后就和他断绝了关系。她把皮特·麦格雷虐待她以及随后导致她流产的秘密带进了坟墓。”

米奇又停顿了一下。杰森渴得要命，觉得喉咙火烧火燎的。他一直在不引起米奇注意的情况下，试图挣脱手腕和脚踝上的绳子，但仍是徒劳。他咳嗽了一声，“但这肯定不可能吧？人们应该会注意到少了一个婴儿。一定会有调查。”

米奇在轮椅上向后靠了靠，举起一只瘦骨嶙峋的手，食指指着车顶，“当然有调查。警方怀疑哈尔珀对你的失踪负有责任，但他坚称对第二个孩子一无所知。最后，佩塔山市的警察局局长——他的名字叫乔尔·卡普兰，大约10年前去世了——不得不接受他的说法。虽然哈尔珀昏头昏脑，是个酒鬼，天知道还有什么，但他是个诚实之人，那天救了我的命，是位英雄。在那之后，卡普兰提出了各种推测，说你也许没在后座上，也许被母亲抱在怀里，最后被大火烧成了灰烬。”

米奇注视着前方，看上去异常虚弱。

“我不知道，”杰森犹豫道，“他真的是这么想的吗？我想在那样的情形下总会留下痕迹的。我的意思是，我无法想象一个人的躯体会在熊熊烈火中化为灰烬，即使是个婴儿。”

“你说得没错，”米奇表示同意，“人体不容易燃烧。呃，你想到什么？我们的人体75%是水组成的，是吧？甚至在火葬场火化后，骨头还要再粉碎才能成为灰烬。”

米奇依旧一副迷茫的样子，“另一种说法是，你根本不在车里，也许那天有亲戚或朋友在照看你。但不管怎样，你好似人间蒸发了。”

杰森的心里一阵刺痛。直到现在，他才意识到，如果唐娜不是他的生母，那他一定在什么地方还有真正的血亲。除了这个疯狂的兄弟米奇，他们是谁呢？

“卡普兰不知如何是好。”米奇说，“一切皆有可能。当然，他还说你可能被人救走了。这就是为什么，除了哈尔珀，他们还质询了肇事司机西尔弗斯坦。但事实证明，这条调查路线和其他调查一样毫无结果。长话短说，你的失踪至今仍是个谜。卡普兰说，你是不幸的那个，而我是幸运的。”

米奇痛苦地咧嘴一笑，“我得补充一句，局长是个自欺欺人的人，他想不出比敦促人们把你的名字刻在墓碑上更好的办法。媒体也没有再报道此事。人们都相信你在棺材里。悲痛的乔金斯亲属也没再反对。你的坟墓淹于沙土之下，很快就被人遗忘了。”

杰森什么也没说。他无话可说。

米奇继续说：“这事发生在1977年。我活了下来，长大了，成了人人嫌弃的怪物。没有一个烧伤专家能治愈我。这就是我为我的‘好运’所付出的代价。10岁之前，我一直和萨姆叔叔和迪娜婶婶住在一起，后来又跟随肯特叔叔和凯特婶婶。结果并不好，14岁那年，我第一次住进了收容所。那里就是地狱。如果你变成我这个模样，你就会没有朋友，没有希望，没有生活。相信我。”

过去的痛苦回忆让米奇的脸变得更加扭曲。

“你懂我的意思。尽管如此，人们总是告诉我，我能活下来就该感到庆幸。我听腻了这种废话。只能说我的大脑还是完美无缺的，而互联网给我带来了福音，让我可以挣到足够的钱，过上体面的生活。一到法律允许的年龄，我就改了名字。我再也不想和那个该死的名字联系在一起了。”

杰森舔了舔干裂的嘴唇。手腕被绑在背后，疼痛越来越难以忍受。商务车一直前行，杰森不知道这是要驶向何处。米奇打算做什么？这个问题就在杰森的嘴边，但他还是没敢开口问。

“长大后，我去寻找那个带给我‘好运’的人。史蒂夫·西尔弗斯坦被判30年监禁，于1999年假释。假释后不久，他遭遇了一场致命的事故。”

米奇咧开嘴，露出邪恶的笑容。

“他那辆丰田车刹车失灵，至少警方的报告是这么说的。他当时正驾车沿着陡峭的悬崖下坡，车辆突然失控，坠下悬崖。”

米奇讲述这个故事时，就好像在读报。

杰森并不感到震惊。米奇一直心生憎恨，多年的痛苦折磨使他发疯了。这种残忍的事他绝对做得出。

更让他感兴趣的是，米奇是如何在史蒂夫的车上动手脚的。那时候他就让道格帮忙？不，不可能。那时米奇还不认识道格。这只能说明他那时就已开始雇用杀手。

“史蒂夫死后，你的失踪之谜依然未解。”米奇接着说，“实话告诉你，我从不相信你已经化为灰烬。我被救出火海时还活着，我们父母的遗体还能辨认出来，而你却没有任何踪迹？不可能。”

米奇身体前倾。

“更准确地说，”他低声道，“我知道你还活着。”

杰森尽量往后挪，以避开米奇咄咄逼人的目光，但最大限度也只能是靠在备胎上。

“我能感觉到，我们是同卵双胞胎。他妈的！”米奇厉声说道。

杰森张开嘴想说话，但什么也说不出来。

“还有更甚的呢，”米奇继续说，“我一直知道我并不孤单。称之为信仰也罢，什么都行。我也做过梦，或者说产生幻象，经常看到一个模糊的身影，似乎与我有关。”

车里的阴影让米奇的杀气显得更重了。

“我找了你好几年。”

米奇向前探了探身子，那张残缺不全的脸愈发狰狞了。

“最终我想到了怎么找下去。多亏了几年前的一个主意，我找人画了一张素描，没有……”米奇犹豫了一下，“没有烧伤的。如果史蒂夫·西尔弗斯坦不存在，或者至少那天他是清醒的，我会是什么样子？我用那张图，不停地在谷歌上搜索恐火症，以及差不多和我同时出生的人。一无所获。直到有一天，我以为找到了你。一个出生于奥克兰的人似乎和我的素描很像。我查到他的资料，研究了他的家庭背景——如果你精通黑客技术，你想不到互联网上有什么不可能的。但那个奥克兰人不是。然后我在ipyrophobia.com上找到了你的资料和照片，马上觉得这次应该差不多。”

有那么一瞬间，米奇的眼睛里闪着一团黄色的火焰。

“你和我的素描简直一模一样，而且年龄也和我一般大。这就足够让我仔细研究一下你了。”

米奇很满意地往后一靠。

“但我没有马上确认，我只是不敢相信我真的找到了你。即使你站在我面前，我仍然心存疑虑。”

杰森皱了下眉头。

米奇又停了下来，但时间不长。

“实话实说，你真的没看出来吗？”

米奇张开双臂，希望杰森好好看看他。

杰森眯起眼睛，第一次认真打量米奇，在脑海中给这个孪生兄弟修复残缺不全的脸，还加上浓密的黑发，最终他看到了一个翻版的自己。

“你从来没有感觉到自己不完整吗？”米奇看着陷入幻境中的杰森，平静地问。

杰森这才睁开眼睛，摇了摇头。

米奇耸耸肩，“哦，好吧，我一直在找你，而不是反过来，但这并不重要。我仍心存疑虑。我来告诉你是什么让我相信你就是迈克。我不再寻找什么其他相似之处，尽管我确信还有更多，比如我们对宝丽来摄影的偏爱。我用了不同的方法……”

米奇想了一会儿，突然咯咯地笑起来。

“可是我为什么要告诉你呢？你已经知道了。”

“你逼问克里斯。”杰森说，喉咙干涩难受。

米奇握紧拳头，“正是！我和道格本可以去你父亲家，或者干脆向你本人打探你的过去。但当你提到克里斯，你母亲唯一的哥哥，她最后一个在世的血亲，我决定去看看他。这次拜访收获很大。我事先就怀疑你是迈克，因为外貌相似，而且都有恐火症。如果你真是，也许克里斯会知道一些内幕。问题是他知道多少呢？哼，他知道一切。比我预想的要多！我告诉你的一切都是他说的。让他吐露实情并不难。我想他从来没有把这个重大秘密告诉过别人。想象一下，这个秘密他一直保守了30多年！我很快会补充，道格是让人开口说话的专家。”

但显然克里斯并没有一直保守秘密。他曾将这件事告诉过杰森，尽管杰森那时还太小。所以杰森画了着火的坟墓，还在一块墓碑上写下“Mapeetaa”——其实指的是佩塔山市。

“然后你就杀了他。”杰森说完这句话，心里一阵疼痛。

米奇转了一下头，“是的，我不能留下活口。再说，不是我杀的。道格帮他摆脱了痛苦。不过是我发现了克里斯的病历，知道他活不了多久。我们把他吊在阁楼上后，留下了一份遗书，伪造了一起自杀案的假象。我相信我们做得很好。”

杰森咬了咬下嘴唇，愤怒重新像岩浆一样喷薄欲出。

“我终于确认你就是那个被天下人认为已经死去的迈吉，”米奇平静地说，“我根本不是什么幸运儿，恰恰相反，你才是！你非但没有残疾，反而英俊潇洒，有一个漂亮的妻子，还有不错的工作。因为你是第一个得救的。我本可以成为你的。我可以拥有你的生命。但是现在太晚了。我知道我永远得不到公正。但我能从复仇中得到满足感。你会像我一样痛苦。我下定决心要做到。”

“但是为什么要这样拐弯抹角？”杰森愤怒地问道，“你杀了史蒂夫·西尔弗斯坦、克里斯，还有凯拉。既然你不能接受我生活得比你好，为什么不直接杀了我？”

米奇慢慢地点点头，好像以前从未想过这个问题。

“我想让你自己去发现真相会更有意思。因此，我谎称自己十几岁时在一场火灾中毁容。多年前，我认识了一个叫迈克尔·格拉斯的男孩，他想让我振作起来。他用他的宝丽来相机给我拍照并告诉我，‘我不觉得你丑。丑陋不是一个人外在的样子，而是一个人的内心。’尽管这样的陈词滥调我听得太多了，但他的话还是给了我信心。他把相机给了我，从那时起我就一直留着。迈克尔想让我用它来找到真正的自我，我决定用它来让你看清你自己：迈克·乔金斯，根据官方文件，他已于1977年8月18日去世并下葬。”

米奇咯咯地笑起来，“我很荣幸我拍的照片对你有这么大的影响，你甚至来找我咨询。但对我来说，这不仅仅是一场心理游戏。我想让你体会一下，当你最珍爱的东西被夺走时，一个人孤立无援的感受。当你从旧金山给妻子打电话，说你找到了什么，我就采取了下一步行动。在我从你那里得到满足之前，我想让你感受一下凯拉的死。”

杰森闭上眼睛，内心深处涌起一阵悲伤。

“我的故事讲完了，”米奇说，“听说她还活着，我就派道格去了医院，把你带了过来。”

他耸了耸肩，“就是这样。故事结束了。”

杰森的脑海中浮现出凯拉的身影。阳光明媚，她一袭白衣，站在一个绿色牧场上，不远处是拉尔夫，还有唐娜和克里斯。但是凯拉一脸不开心，满眼忧郁，和他最后一次见到她时的眼神一样。他们是吵架后离开的，彼此的距离比他在噩梦中想象的还要远。那次争吵竟是他们的永别。

又一阵悲伤向他袭来。

第三十二章　最后的安息地

火舌从黑暗中滚滚而来，迅速蔓延。他动弹不得，四面八方全是灼热的火焰。火焰渐渐变幻成一个人形，脸庞清晰可辨，是唐娜。她火把般的手臂伸向他，不，是越过他，伸向米奇。米奇不再是个残疾人，简直和杰森长得一模一样。

这次她会救我的，他听到米奇在熊熊烈火中哭喊，这次你要留下来，迈吉。

然后米奇不见了，燃烧的唐娜也不见了。

但是为什么火还在燃烧？

这一次是逃不过了。他成了火焰的猎物，头发着火了，鼻子从脸上掉下来。他用手拍了拍头，看到手里拿着一只烧焦的耳朵。

他的尖叫声越来越大……

然后他醒来，发现米奇正瞪着他。他还在车里，手腕和脚踝都被绑着。显然他刚才是睡着了。怎么会这样？

他记得最后一个念头是关于凯拉的，这使他难以承受。他一定是昏过去了。

米奇摇摇头，转移了视线。杰森利用这个机会再次尝试挣脱绳子，但手腕磨出了血泡，他的双手也没有挣脱出来。

外面一片漆黑，也许已经是夜里。

道格依然在驾车狂奔。

商务车终于停下来。很快杰森听到车后门哗啦一声打开了。他躺在那儿凝视着夜空。几点了？他不知道。

道格拿着手电筒出现了。

杰森咳嗽着，嗓子干渴得似要冒烟。水，什么水都行。

道格拽着他的腿把他拉出车，扔在了地上。尽管决定不让米奇看到他受苦时获得满足感，他还是疼得忍不住叫起来。

道格扯下一段胶带，把他的嘴紧紧粘上。

杰森仰面躺在坚硬的地面上，强忍着疼痛，无法作声。

道格从车里拿出一只麻袋，放在杰森旁边。与此同时，米奇竭力从轮椅上站起来，笨拙地拖着脚往前移动。

“帮帮忙。”他对道格说。道格把手伸到米奇的腋下，轻而易举地把他抱起来，放在商务车后面的地上。

“需要轮椅吗？”

“不用，”米奇说，“这种地形我也转不动轮椅。你负责控制他，我自己来。”

道格点点头，抓起杰森的肩膀，拖着就走。米奇打着手电筒，跟在后面。

杰森认出了周围的环境。尽管天黑，他还是能看见黑色大门上的金属格条，还有熟悉的橡树像哨兵立在门的两边。

他的心跳不由得加快。

这是圣詹姆斯公墓的北门。

他们为什么把他带到这儿来?

米奇的声音在他的脑海中回响。

我要复仇的满足感。

米奇的手上沾满了史蒂夫·西尔弗斯坦、克里斯·坎贝尔和凯拉·埃文斯身上的血。他要怎样对待杰森呢?

月亮发出惨淡的银光，道格拖着杰森从一座座黑乎乎的坟墓前走过。如果他们是在昨天下午五六点离开洛杉矶，杰森估计现在是凌晨两三点。

道格终于在一座坟墓前放下了杰森。米奇则举起手电筒照了照墓碑。

这是乔金斯一家的坟墓。手电筒的光束照在了罗伯特、阿曼达和迈克的名字上。

“盯着他，”道格说，“我去拿剩下的东西。”

他走开了，只剩下杰森和米奇。

“你认为接下来会发生什么?”米奇问。

你为何不和我直说呢，杰森想。

米奇咧嘴一笑，“开始说再见吧。这里就是你的终点。你的名字已经刻在墓碑上，唯一缺少的就是你的躯体。”

杰森瞪大了眼睛。

米奇要把他埋了?埋在……自己的坟墓里?

米奇又发出咯咯的笑声，像狼的嗥叫回荡在夜空。不，更像是恶魔的狞笑。

道格拎着那只装有木棍的麻袋和那捆干草回来，其中两根木棍原来是铁镐和铁锹的柄。他往手上吐了口唾沫，搓了搓，开始用铁镐在草地上刨起来。

米奇也没闲着，从麻袋里拿出一根短点的木棍，插在坟墓旁边，后退一步，小心地用火柴点着。原来这是一种火把。火光中，杰森可以看到米奇脸上的伤疤在扭曲，好像有蠕虫在肌肤下面蠕动。米奇和杰森一样害怕火，但此时他更在意的是道格的行动。

道格正在挖开乔金斯一家的墓穴，很明显接下来谁会被埋葬在这里。

我已经死了。

不，还没有。但是时间不多了。米奇和道格要在天亮前把他埋在这里，并且不留下任何痕迹。

杰森又开始疯狂地挣扎，但换来的只是疼痛的加剧。米奇回头看了看他，咧嘴笑了。

道格这时又换上了铁锹，开始深挖。坑边出现了一堆沙，越堆越高。往下五六英尺深的地方，就会挖到他父母陈腐的棺材。道格可能不会挖得那么深，4英尺的深度就足以保证杰森的尸体永远不会被发现。

道格挖完后，从坑里爬上来，打开那捆干草，铺在坑底。杰森不清楚这是要干什么。

米奇抓起火把，惊恐地看了看火焰，又看了看杰森，但他的语气坚定。

“32年前你的坟墓就挖好了，但你欺骗了天下人。今天总算要名副其实了。”

米奇的目光在火把的映衬下显得更加凶残。

“官方的结论是你被火烧死并葬在这里，我要做的就是把这个结论变成事实。”

忙得满头大汗的道格·沙茨此时卷起袖子站在一边，听候吩咐。米奇将火把举到杰森的头顶上，似乎在低声祈祷，随后将燃烧的一端戳向杰森。

他要放火烧杰森。

杰森扭动着身体。尽管嘴被胶带封住，他还是发出呜呜的咆哮声。

“把他扔进坑里。”米奇命令道格。

道格俯身把杰森拖到坑边，推了下去，落在刚刚铺好的干草上。再往下1英尺就是他亲生父母的尸骨。

杰森仰望着夜空，眼前出现了缕缕雾气。凯拉的身影开始在他的脑海中闪现：她的明眸，她的皓齿，她的微笑，她的芳香，她的爱抚。接着是爱德华的身影：父亲和他一起玩耍，把球扔给他，他跳起来接住球……

最后出现的是唐娜。她站在那里，目瞪口呆地盯着他。他仿佛看到了救星，试图爬向她，但身体被什么东西死死困住了，动弹不得。

*那时我救了你，因为我可以，*她说，*但现在我无能为力。你必须自救。你可以做到。*

*不！*他喊道，*我做不到。我要死了！*

不，她鼓励他，你能做到。

你那时很坚强，你现在也必须坚强。这是唐娜留给他的最后一句话。

随即她的形象消失了，杰森也重新回到了现实中。

米奇手持火把，站在坑边。

“快点！”道格在一旁喊道，“把他点着！”

火把上的火星如雨点般洒落在坑里，引燃了杰森身下的干草，烟雾随即盘旋上升。

杰森侧身躺着，背对着噼啪作响的火焰，咬紧牙关，将手腕尽力向后伸去。很快，捆绑的绳子烧着了，但他的手腕也似乎烤焦了。就在感到再也无法忍受的时候，他猛地一用力，绳子断开了。他顾不了手腕的灼痛，迅速坐起来，颤抖着解开脚踝上的绳子，接着又撕下嘴上的胶带。

米奇低头盯着他的一连串动作，似乎不相信眼前的一切。道格的眼中也露出了恐惧。

也许是坑里跳动的火焰能激发人的无限潜能，重获自由的杰森长啸一声，如困兽般从坑里跳了出来。

道格扑向铁镐，但杰森更快一步，抓住了镐柄。没等道格有更多反应，杰森就抡起铁镐挥了过去。道格张开嘴看着插进了他肚子的铁镐，双膝一软，脸朝下栽倒在草地上。

孤立无援的米奇挥起火把朝杰森砸去，杰森闪身躲过，随即一个箭步向前，将米奇举了起来。

“迈克……”一声低沉的喉音。

“米奇。”迈克听到自己发出陌生的嘶哑声。

兄弟俩因火而团聚了。

迈克把米奇又举高了点。米奇手里的火把掉进了坑里，迈克见状也将米奇扔了进去。

坑里的干草这下全部点燃了，一簇簇火焰从米奇的身下冒出来。米奇的身体扭动着，抽搐着，好像被电击了一样。

精疲力竭的迈克此时才感到剧烈的疼痛，颓然倒在草地上。他闻到了肉体的焦煳味，也听到了噼里啪啦的爆裂声。在一旁的坑里，他的双胞胎兄弟米奇已被大火完全吞噬。

第三十三章　康复

圣詹姆斯公墓的恐怖事件已经过去了几周，杰森每天都会重温关于凯拉的美好回忆。这些回忆就像是一本相册，里面充满了令人难忘的时刻和场景：他们在公爵夫人餐厅见面的那天；他们之后的约会，还有初吻；他们搬到一起，装修房子；他们前往犹他州、亚利桑那州和内华达州旅行；他们的婚礼——当站在圣坛前，牧师问他是否愿意娶凯拉为妻时，他觉得自己是世界上最幸福的人。

9月6日，又是一个星期天。7点，他翻身起床，冲了个澡，然后是吃早餐，散步。8点半，他驾驶着已经修好的君越车，上了路。9点20分，他把车停在瑟伯康复中心大楼前。

杰森走进大楼，穿过熟悉的走廊，朝熟悉的房间走去。他推开门，发现她坐在窗边的轮椅上。看见他来，她放下手中的书，朝他淡淡一笑。

“早上好。”他说着上前吻了她一下。

“早上好。”

她看上去仍然很虚弱，毕竟之前的伤情太严重了，能把命保下来已算是一个奇迹。道格捅的那几刀简直刀刀致命，所以在重症监护室经过几个小时的抢救后，医生判断她没什么希望了，甚至向杰森下达了垂危通知。在手术台上有那么一分钟，她的脑电波成了一条直线，被临床诊断为死亡。失魂落魄的杰森恍惚中以为凯拉已经离他而去，他也是这么告诉米奇的。

谢天谢地，医生最终把徘徊在死亡线上的凯拉拉了回来。只是，肉体保住了，凯拉的精神却坍塌了。凯拉仍然是凯拉，但只剩下一具躯壳。

康复中心里的凯拉沉默寡言，冷漠疏远，对任何事、任何人都不感兴趣，对一切也都无所谓。

她变了，彻底变了。

“睡得好吗？”他问道。

“或许吧。”

她已经转移了注意力，凝视了一会儿窗外的花园，然后看一眼腿上的平装版小说，最后看向杰森。她那空洞的眼神让他有种难以言表的心痛。

他问她怎么样了。

“还好。”她耸耸肩。

他拉过一把椅子坐下，“我们什么时候谈谈？”

她盯着他，好像不明白他在说什么。

“我们不能再这样下去了，凯拉。”

她转过头去，“我不想说话。”

杰森叹了口气，知道凡事不能操之过急。

几天前，他咨询过瑟伯康复中心的治疗师雅各布·贝塞拉和简·库尔修斯，商讨应对之策，两位治疗师都认为是时候采取强硬一点的措施了。凯拉病情稳定，没有复发的危险，但她陷入了心理困境。如果她始终走不出精神的藩篱，最好还是联系一下心理医生。她越拖着时间不改变精神面貌，在轮椅上度过余生的可能性就越大。

他答应过治疗师，他会设法和她沟通。他说，如果还没有进展，一周后就开始心理干预。

“不想说话？好吧，那就算了吧。”杰森冷冰冰地说，“你明天开始接受康复治疗，凯拉。”

“你为什么不能让我一个人待着，杰森？”

“我就是不能。”

“我还没有准备好。”

这听起来像是在恳求。

“那就现在准备。有什么困扰吗？如果是这样，我们来谈谈。我洗耳恭听。”

“你要我怎么准备？我心里一团乱麻。”

“只要你开始努力，你就可以重新做回原来的自己。雅各布和简都认为你大有机会……但你必须努力争取。”

“不，我不能。算了吧，杰森。”

“如果你连试都不愿意，就像你刚才说的，你最好算了吧。但你为什么要自暴自弃？这不像你，也完全没有必要。”

她想了一会儿，“我不知道我是否有能力。我的脑袋里仿佛塞满了棉花。我什么都不在乎，也无能为力。”

“你可以从一小步开始。至少，这就是进步。最终，一切都会好起来的。”

“以后吧，不是现在。”

“你想好起来吗，凯拉？”

她盯着地板，无力地耸了耸肩。

“我希望你好起来，雅各布和简也是。我们都在鼓励你，但你却无动于衷。”

凯拉沉默不语。

“你谁也不爱。”杰森故意刺激她。

“嗯？什么？”她看着他，瞪大了眼睛。

“我们都想好好与你沟通，但你听不进任何话。你以为我们这样对牛弹琴还能持续多久？”

“你怎么能这样对我？”泪水涌上她的眼眶。

“如果你不愿为康复而战，凯拉，那你就不值得我为你而战。”杰森冷冷地说。

她盯着他，像个天真的孩子不明白为什么要被打脸。杰森竭力保持语气坚定，其实内心像泄了气的皮球，同时又充满了愧疚。

凯拉不再说话，只是垂头丧气地坐在那里。

他不知道还能说什么。

但是第二天上午，杰森意外地接到治疗师简打来的电话，说凯拉终于打开了心结，愿意接受康复治疗了。

康复治疗的效果非常明显，两周后凯拉告别了轮椅，换成了拐杖。又过了七天，简通知杰森，凯拉很快就可以回家了。杰森激动得说不出话来，他终于找回了妻子。

第三十四章　新生命

15个月后的一天，在爱德华家门口，杰森从君越车上下来，然后帮凯拉从后座的婴儿椅上抱起罗伯特。为了御寒，婴儿被包裹得严严实实，但一抱却大哭起来，仿佛受了天大的委屈。

“哎呀，我的宝贝，有那么难受吗？”凯拉从杰森怀里接过孩子，“那我们快点进去找爷爷，里面可比外面舒服多了。”

这时，爱德华打开门迎了出来。一看见孙子，他满面红光。

“爸爸，圣诞快乐！”凯拉说。

爱德华吻了一下凯拉，“圣诞快乐，也祝你快乐，杰森。当然还有你，罗伯特，这可是你的第一个圣诞节！”

“嘿，爸爸，圣诞快乐。”杰森说着和爱德华握了握手。

“快进来吧。”爱德华激动地打着手势。

爱德华今年特意把房子装饰了一番，他早就盼望着一家四口人一起过圣诞节了。壁炉里点着了火，火苗在木柴上噼噼啪啪地跳跃着，杰森久久地盯着这一幕，感到无比温馨。在目睹了米奇葬身火海之后，他的恐火症不治自愈了。

杰森瞥了一眼圣诞树下的各种礼物。圣诞树旁的壁炉架上，仍然摆放着一个装有唐娜照片的相框。她面带微笑，深情地注视着家人。

餐桌旁边的橱柜上摆放着更多相框。杰森看到了一张舅舅克里斯咧嘴大笑的照片。杰森目不转睛地盯着那张照片。有那么一瞬间，克里斯似乎在向他眨眼。

杰森脸上掠过一丝微笑。

“也祝你圣诞快乐！”他低语道，“无论你在哪里。我希望你能再次找到她，我相信你已经找到了，你们又在一起了，是吧？我想你们。”

“你在干什么，杰森？”凯拉问道。

“哦，没什么，只是想起了一些事。”

“那你还是快过来给儿子喂奶粉吧，我去帮爸爸摆餐具。”

“好的，这就过来。”杰森走过去从凯拉怀里接过罗伯特，“你想要奶瓶了，是吗，小猪猪？”

小罗伯特笑了。

爱德华也跟着笑起来。